THEATERBIBLIOTHEK

Klaus Pohl
La Balkona Bar
Hunsrück
Zwei Stücke

Verlag der Autoren

CIP-Kurztitelaufnahme der Deutschen Bibliothek

Pohl, Klaus
La Balkona Bar. Hunsrück. 2 Stücke / Klaus Pohl. — 1. Aufl. — Frankfurt am Main: Verlag der Autoren, 1985. (Theaterbibliothek)
ISBN 3-88661-071-3

NE: Pohl, Klaus: (Sammlung)

Theaterbibliothek
Erste Auflage 1985

Druck: Beltz Offsetdruck, Hemsbach an der Bergstraße
Satz: System-Fotosatz-Althaus GmbH, Frankfurt am Main
Printed in Germany
ISBN 3-88661-071-3

Inhalt

La Balkona Bar

Für Ele

Personen

Der Barmixer
Der Stumme Gast
Jon Kopitzke
Der Junge Deutsche
Der Abstauber mit Namen Schütz
Ein Feuerwehrmann
Die Flamme

Ort
Die Balkona Bar

Zeit
Die Zeit ist der Held

Motto
Hier fängt Asien an

I

Wiedersehen

Die Balkona Bar. Ein langer, geschwungener Tresen. Davor langbeinige Barhocker mit cremefarbenen Sitzen. In der Mitte des Raumes eine kleine, eisenbelegte Tanzfläche; um sie herum einige weiße Nierentische und rotgemusterte Sesselchen. Links eine Musikbox. Auf der Musikbox ein stolzer Kalender, der den 8. August 1958 anzeigt. Rechts eine Hammondorgel. Dahinter ein vergilbtes Plakat mit dem Kopf des jungen Jon Kopitzke. In geschwungener Schrift darauf: Bar-Zeit, mit Jon. Neben der Hammondorgel ein Standmikrophon, an welchem traurig ein alter Lampion hängt. Es ist noch früh am Abend. Der Tresen steht voll schmutziger Gläser und leerer Flaschen. Der Barmixer ist mit Aufräumen und Abspülen beschäftigt. Am unteren Ende des Tresens sitzt der Stumme Gast. Zu seinen Füßen, gegen ein Barhockerbein gelehnt, ein knallroter Einkaufsbeutel aus Leinen. Die Bartür steht auf. Man ahnt Stufen, die nach oben führen. Ein diffuses Licht fällt von dort in die Bar.

BARMIXER *hinter dem Tresen, mit todernster Miene*
Hören Sie! — und jetzt sag ich mal...
sag ich mal was — ein großes Wort, und das
sage ich nur Ihnen — wie komme ich darauf?
Naja. Sehen Sie, das sehen Sie hier: —
lachen Sie ruhig. Ich weiß, was ich sage!
Die Zeit, — die, jawohl! — die
ist der Aff des Raumes. Schnipselwerk!
Numeriertes Schnipselwerk! Affenkram! Weil
es der Mensch nicht besser versteht. Und...
die Lust — bah! Schwamm darüber. Die Hoffnung

genauso. Die so wie so. Generativ! Generativ!
Generell! Die ist mir genauso ziemlich generell
egal. Was ich nicht mag, ich nicht mag, ist,
wenn ich mich selbst nicht mag. So!
Pause, Musik. Wischt mit einem Lappen den Tresen.
Jetzt wisch ich mal, wisch ich mal hier mal
eben drüber. Dann wäre der Tresen auch fertig.
Sie schweigen. Immer schweigen Sie.
Wie lange solln das mit Ihnen noch so gehn?
Wischt den Tresen, dann nah vor dem Stummen Gast.
Wollen Sie nicht, sich mal nicht...
nicht mal aussöhnen mit dem Schicksal, Ihrem?
Sie! aufm Damm geht der Tod spazieren. Der
ist uns sicher. Ich kann nicht! –
kann ich nicht, – Punkt! Sirium! – verkaufen.
Ich kann die Bar nicht verkaufen. Solange
mein Vater noch lebt – nein! Und auch nicht
an Ihr Museum. Der würde ja vollkommen, –
Museum hin oder her und Ehre und alles, –
völlig wirr im Kopfe werden würde der.
Pause. Er schiebt einen Aschenbecher über den Tresen.
Wenn es nach mir ginge: – ab mit dem ollen
Grusch! Fort mit dem Schatten! Aber es geht
nicht nach mir. Ich, nä! bitte, nein! mag
nicht, mag ich nicht der wilde Realist sein,
kraß gesagt, der ihm die Halluzination austreibt.
Bin ich auch bloß einsam.

Der Barmixer taucht mit leeren Flaschen hinter dem Tresen weg. Pause. Aus der Musikbox ertönt eiernd der Kriminaltango. Der Stumme Gast stiert lange sein Gesicht in dem Spiegel hinter dem Tresen an. Auftritt Jon Kopitzke. Alter Staubmantel, Hut auf dem Kopf, in der rechten Hand eine beinahe leere Reisetasche.

KOPITZKE *müde* Ja, das Leben... *Er schnalzt mit der Zunge.* Hat einen eigenen Witz. *Pause; er brummelt den Schlager mit.* Dunkle Gestalten, rote Laterne... Ist es erlaubt? *Pause.* Hallo!

BARMIXER *hinter dem Tresen, von unten, ruft* Die Bar öffnet um neun!

KOPITZKE Machen Sie mir ne Goldhand. Eine Goldhand! Hallo. Ich versteh mich aufs Warten.

BARMIXER Bitte, nä! Vor neune schenke ich nichts aus.

KOPITZKE Und die Goldhand?

BARMIXER Sammelt ihre Tropfen.

KOPITZKE Ihre alten, goldnen Tropfen. Das ist brav.

BARMIXER Buckeln Sie mir kein Gespräch auf. Wie gesagt, Herr, nä, um neun! *Pause.*

KOPITZKE *noch immer in der Tür, sich in der Bar umsehend* Hör mal, hier steht n müder Mann, n alter Freund. Willst ihm nicht die Pfote schütteln? Nee? *Stille, dann laut.* Whisky!

BARMIXER Ich habe keinen Whisky in der Tasche.

KOPITZKE Im Ernst. Mach mir einen Whisky. Ohne Eis...

BARMIXER Nä, das ist doch keine Art, ist doch das!

KOPITZKE Bloßn bißchen Soda. Ich kann n Schluck gebrauchen...

BARMIXER *taucht hinter dem Tresen auf* Steht kein Hocker in der Tür? *Er nimmt einen Hocker und geht damit zur Tür.* Zizizi. Hab ich den wieder mal verschusselt.

KOPITZKE Einen schnellen Schluck... einen ersten. Ich hab den Hals voll Staub.

BARMIXER Ums Eck, Herr, nä, rum ums Eck, da isn Stehausschank. Da geht es ganz schnell.

KOPITZKE So, einen Stehausschank gibt es ums Eck. Naja.

BARMIXER Werden Sie nicht frech! Nä, gucken Sie mal auf die Uhr! *Er stellt den Hocker unbarmherzig hart vor Kopitzke ab, zurück hinter den Tresen.*

KOPITZKE Aua.

BARMIXER Ja, aua! Das ist doch keine Art, ist doch das. Nä, einfach hier so rein zu latschen.

KOPITZKE Immer noch der alte Knorpel, wie?

BARMIXER Das ist hier eine Nachtbar. Und kein Frühstückscafé!

KOPITZKE Nette Menschen, wirklich. Da legt man sich aufn Bauch.

BARMIXER Vielen Dank, nä. Aber hier bestimme ich die Ordnung.

KOPITZKE Good, good... man. *Pause.* Calm down.

BARMIXER *starrt entgeistert Kopitzke an* Bin ich betrunken? Ich hab doch nichts getrunken...

KOPITZKE Ich auch nicht.

BARMIXER Bah! Jetzt fällt mir nichts mehr ein...

KOPITZKE Kennst du den noch?

BARMIXER Das is ne Überraschung.... Nä!

KOPITZKE *angelt eine halbe Zigarillo aus einer Tasche, steckt sie sich in den Mund* Feuer?

BARMIXER *schlägt die Hände zusammen* Herrgott!

KOPITZKE Brüll nicht so, ich bin Musiker. Ich bin sensibel. Sei ein bißchen nett mit mir. Nach den dreißig Jahren...

BARMIXER Jon?

KOPITZKE Ja.

BARMIXER Bist dus?

KOPITZKE Kein Gespenst.

BARMIXER Bist dus wirklich? Jon Kopitzke!

KOPITZKE Der.

BARMIXER Der Jon ist zurück! Jon Kopitzke ist wieder da! Sag, bleibst du länger?

KOPITZKE Vielleicht. Erstmal brauch ich einen Whisky.

BARMIXER Macht nichts! nä. Macht schon überhaupt und gar nichts.

KOPITZKE Macht nichts. Er sagt, es macht nichts. Ich hab n paar lausige Tage und Nächte hinter mir...

BARMIXER So? Freilich. Kommst aus Amerika?

KOPITZKE Aus Amerika.

BARMIXER Kommst direkt von drüben?

KOPITZKE Ja.

BARMIXER Sags immer, nä. Es ist alles befristet. *Pause.*

KOPITZKE Und du?

BARMIXER Es macht keine Freude mehr.

KOPITZKE Soll ich wieder gehen? Knorpel.

BARMIXER Nä, Jon. Versteh mich nicht falsch. Ich meine den Laden. *Er schlägt wieder wild in die Hände.* Herrgott! Lass dich mal angucken. Jon, ich muß dich überhaupt erstmal angucken.

KOPITZKE Wir sind auch ein paar Jährchen älter.

BARMIXER Schmal bist du geworden.

KOPITZKE Das Leben.

BARMIXER So klapperdürr. Damals, als du gingst — ich erinnere mich genau — nä... angefressen freilich warst du nie... aber etwas runder schon... satter, will ich sagen.

KOPITZKE In New Orleans war die Leberwurst oft knapp. In Ohio die Butter...

BARMIXER Du machst Witze.

KOPITZKE Keine Witze.

BARMIXER Die Scheibe Wurst aufm Brot, nä, ist auch nicht das ganze Glück. Und setz dich, Jon. Nimm Platz.

KOPITZKE Ich hab viel an dich gedacht, drüben.

BARMIXER An mich? Nä, Jon...

KOPITZKE Ja. An dich.

BARMIXER Freut mich, nä. Das freut mich. Was hastn da bloß gedacht?

KOPITZKE Tu nicht so kalt.

BARMIXER Aber Klimperjon, nä, darf ich nicht mehr zu dir sagen. Was?

KOPITZKE *der noch immer nah der Tür steht und sich in der Bar umsieht* Was?

BARMIXER Nur so. *Er wischt heftig eine Stelle auf dem Tresen.* Klimperjon... Eine Pest ist das. Ränder! Ränder! Überall Ränder!

KOPITZKE Die gute, alte Balkona-Bar... old house... Als wäre nur eine kurze Nacht seit damals vergangen... Ist das möglich?

BARMIXER Hier ist alles möglich.

KOPITZKE *geht zu der Hammondorgel* Ich träum... ich glaub, ich träume. Die Hammondorgel! Mein altes Kästchen... »Mäcki war ein Seemann«.... hm! war das ne Nummer, wie?! Meine Spitzennummer! Und sogar das Plakat!

BARMIXER Nä, der ganze olle Grusch.

KOPITZKE Ich erinnere mich noch, als der Photograph kam, um mich zu knipsen... er fuhr n Borgward, ne knallgelbe Isabella... jedenfalls, der Bursche hatte sein Blitzlicht vergessen... und ohne Blitzlicht konnte er mich hier unten schlecht knipsen. Aber der meinte, es ginge auch ohne. Und als das Meisterwerk dann fertig war, sah man nichts als einen dicken schwarzen Batzer. Jon Kopitzke — im schwarzen Verfolger. Ich glaube, es vergingen gute drei Wochen, bis wir endlich für das Plakat ein brauchbares Photo... ein brauchbares Photo hatten... hatten bekommen... können... wie sagt man?

BARMIXER Ja, Jon, freu dich. Freu du dich an deinen alten Geschichten. Ich, nä freue mich nicht. Mir steht es bis hier, hier.

KOPITZKE Kannst du deine Galle nicht fürn Moment zurückhalten? Sei du mal so lange fort. Wieviele Nächte saß ich da hinter meinem Kästchen und spielte... Ja, wär ich geblieben... Aber so darf man nicht denken, wie?

BARMIXER Da, die Stühle, nä. Auch son Beispiel. Das sind noch die selbigen feinen Stühlchen wie zu deiner Zeit. Und fein, nä, Jon, mein ich wie. Ein vernünftiger Mensch, nä, setzt sich in die feinen Dinger nicht hinein. Eine Gruft! — aber wir wollen ja nicht bellen. Nä, auch nicht jammern. Neu ist auch bloß neu, solange es neu ist. Sag, Jon. Wie ists so in Amerika? Mehr anstrengend oder mehr schön? Mehr schön, nä?

KOPITZKE Ja. Mehr schön.

BARMIXER Bist du Millionär? Jon, Dollarmillionär? *Kopitzke kommt zum Tresen, stellt seine Tasche darauf, setzt sich.* Eine Bar in New York? Eine in Chikago? *Kopitzke sucht in der Tasche nach Geld.* Nä, bestimmt. Du hast deine Million gemacht. Bistn As drüben, bist ne große Nummer. Erzähl, Jon. Erzähle.

KOPITZKE Mach mirn Whisky.

BARMIXER Und jetzt? Nä, hat dich das Heimweh gepackt...

KOPITZKE Ja, ja, das Heimweh hat mich... Lach du mich ruhig aus. Ich hab mir den Spott auch reichlich verdient.

BARMIXER Wenn du mir nichts erzählst, Jon, kann ich nichts wissen.

KOPITZKE Du wußtest immer von vornherein, wohin die Wege rennen.

BARMIXER Ich?

KOPITZKE Laß den alten Zank. Ich war, wie ich war. Jetzt bin ich müde, schwach. Und fertig mit meinen Träumen...

BARMIXER Jon, nä, ich glaub, wir mißverstehen uns.

KOPITZKE Das glaube ich nicht. Deine Art der Begrüßung ist wirklich nicht sehr ermutigend. Fragst mich nach meinen Millionen ab, — nach meinen Dollarschätzen... Als wärs nur das, was den Menschen zum Menschen macht, ihm n freundliches Hallo verdient. Dreißig Jahre war ich fort. Dreißig Jahre. Und du haust mir den Hocker zwischen die Beine, als wollt ich hier Gläser stehlen.

BARMIXER Jon, ich konnt ja nicht riechen, daß du es bist. Die ersten Gäste, nä, wem sag ichs, sind nicht immer die besten.

KOPITZKE Man kann sie sich eben nicht aussuchen.

BARMIXER Freilich, nä. Leider nicht.

KOPITZKE Soll das was heißen?

BARMIXER Vergiß es, Jon. Nä, das Wetter. Ich fühl mich auch schwach.

KOPITZKE Ich komme aus Amerika. Wie denkst du dir die Welt?

BARMIXER Ach, ich hatte schon, auch mal schon einen Gast aus Südafrika. Nä, keinen Neger. Sehr charmant.

KOPITZKE Meinst du, da ginge man hin, eh man übersetzt, und sagt...

BARMIXER Wo? In Südafrika?

KOPITZKE In Amerika!

BARMIXER Nä, Jon. Das darfst du mich nicht fragen.

KOPITZKE Und sagt, bringt mich bitteschön so übern Teich, daß ich hier bloß nicht fünf vor neun ankomme, nä. Die haben da n Tick mit der Zeit, nä.

BARMIXER Zwanzig vor neun, Jon. Zwanzig, nä. Wegen fünf Minuten tuten tät ich nicht so rum.

KOPITZKE Die treten mir sonst in den Rücken, nä.

BARMIXER Jon, jetzt spricht der Ami aus dir.

KOPITZKE Wo soll ichn hin? Ich weiß sonst keinen Platz für mich als diesen hier...

BARMIXER Bei euch drüben, nä, ich habs gelesen...

KOPITZKE Denk an meinen Whisky.

BARMIXER Nä, bei euch, in der neuen Welt — so wie so, größer alles, schneller! Volu... vulmonöser, nä, gigantisch eben. Whisky! Bier! — zack, im Stehen, im Vorübergehen. Kein Gehocke. Immer Trubel ständig. Aber hier! Nämlich, nä, Jon, kann ich dir verraten. Lauter Pferdeärsche. Da mußt du knochenhart sein, zwischen solchen. Wie n Offizier. Hier regelt sich nichts von selbst. Gar nichts! Wenn ich mit meinen Öffnungszeiten, nä, mit den Zeiten nicht generell richtig streng bin, dann treten die mir den Laden um sieben schon ein. Trinken einen Whisky und sitzen dir — rotzfrech! — sitzen die dir den Umsatz kaputt. Nä, mit ihren... wie gesagt. Und steh du mal von sieben Uhr abends bis um fünf in der Früh hinter dem Tresen. Da kannst du deine Füße aber vergessen. Dick wie Kürbisse und nichts in der Kasse. *Er putzt wieder heftig den Tresen.* Eine Pest ist das.

KOPITZKE Nur ein Glas...

BARMIXER Du sagst es.

KOPITZKE Nur n ersten Schluck.

BARMIXER Nur ein Schlückchen. Ganz genau. So fängts an, nä.

KOPITZKE Whisky!

BARMIXER Whisky... das berühmte Schlückchen Whisky, das kein Ende kennt.

KOPITZKE Ich werde verrückt. Ich will n Whisky! Ohne Eis, nur n bißchen Soda... *Resigniert.* Ich hab Salz gefressen.

BARMIXER Ja, Amerika. Nä, sag ich, nä, hier ist nicht Amerika. Hier fängt Asien an. Jon, Musik?

KOPITZKE Keine Musik...

BARMIXER Ich mach uns Musik. *Er läuft zur Musikbox.*

KOPITZKE *sarkastisch* Man muß auch nicht alles gleich haben wollen, was man sieht...

BARMIXER *wählt einen Schlager* Was?

KOPITZKE Nichts. Schöne Flaschen hast du da.

BARMIXER Besuch! *Aus der Musikbox: Tipitipitipso.* Sag, Jon, bist du mit dem Flugzeug?

KOPITZKE Mit der Astor.

BARMIXER Bah. Mit dem Schiff bist du herübergekommen. Nä, so gehört sichs. Endlich ist hier mal was los! Ich persönlich, nä, ich komm nirgends hin. Ich klebe hier fest.

KOPITZKE Beklag dich nicht. Die Schlafzimmer sind kalt in der Fremde. Nein, Paul, die langbeinigen Girls ... fall in love and... out. And in and out.

BARMIXER Jon Kopitzke! Bist ein echter Breitengradbummler geworden, nä, ein Weltmann.

KOPITZKE Und friedlich, — sehr friedlich —.

BARMIXER Stimmung! nä, bis die Bar schließt. Irgendwann kommt jeder zurück.

KOPITZKE Ich bin umsonst fortgelaufen.

BARMIXER Wie lange ist das her.

KOPITZKE Lange. Seltsam lange.

BARMIXER Und auch wieder gar nicht lange. Das ist seltsam. Und Jon, nä — weil doch von meinen Füßen gerade die Rede war: — ich hab mir heut Schuhe gekauft. Schuh! Jon, nä, sagen wir mal so: Schuh kaufen macht heutzutage keine Freude mehr. Obwohl, nä, Jon... guck! Das da wären sie. *Er hebt vor Kopitzke einen Fuß hoch.*

KOPITZKE *matt* Heut gekauft?

BARMIXER Jawohl, heute. Ist das ein Zufall. Jon?! Schöne Schuhe, nä. Teure Schuhe.

KOPITZKE Schöne Schuhe, wirklich. Sag mal, alter Junge. Darf ich irgendwann mal was zu trinken kriegen?

BARMIXER Ja, wir ham doch Zeit, nä. Man sagt zwar immer, das Personal, was braucht das teure Schuh?! Aber dann braucht das Personal endlich doch ein paar Schuh. Schuh ist Schuh, sagen wir die billigen. Nur, Jon, guck mal, sag ich dir: solch billiges Schuhwerk kannst du nach nem halben Jahr... kannst dus wieder wegschmeißen. Also hab ich mir Schuh um dreihundert gekauft. Mark! Nicht Dollar, nä. Mark. Sag ich dir: die! — die halten fünf Jahre und länger. Obwohl, nä, dreihundert ist keine Kleinigkeit. Das isn Batzen, ist das. Aber so bin ich, nä, billiger davongekommen. *Er geht nun zur Musik, die Schuhe betrachtend, herum, bis er schließlich, vor lauter Freude an ihnen, regelrecht ins Tanzen gerät.* Jon! wie die sich tragen. Ist ein Traum. Elchleder!

KOPITZKE *die Tasche etwas über den Tresen hochhebend, bitter-ironisch* Das ist nun meinerseits alles, was ich habe...

BARMIXER *läuft plötzlich zu dem Stummen Gast* Ja! der auf dem Plakat, der ist der Herr, da, nä. Ein As! *Hart.* Schneiden Sie keine Grimassen. *Er rennt plötzlich durch die Tür ab. Pause.*

KOPITZKE *zum Stummen Gast hinüber* Feuer? *Schweigen.* Entschuldigung. Haben Sie vielleicht Feuer? *Schweigen.* You speak english? Got a light, Mister? *Schweigen.* Mein Freund ist wohl n bißchen merkwürdig geworden, wie? Ist der jetzt immer so... so... halbnett? *Schweigen.* Hm. Sind Sie Dichter? Im Ernst, Sie sehen aus, als belauerten Sie Ihre Ideen... *Schweigen.* Ach ja... *Er nimmt die Tasche, hält sie einen Augenblick und stellt sie dann wieder auf den Tresen zurück.*

BARMIXER *kommt wieder zur Tür herein, läuft zum Tresen, schaltet da an einem Kasten herum* Nä, die, Jon, die Leuchtschrift, die. Auch son Sorgenkind, die. *Er läuft wieder zur Tür, auf dem Weg.* Das K tuts nicht mehr. Balona Bar, nä, klingt wie Ilona Bar, nä. *Wieder ab. Schweigen.*

KOPITZKE Back to Germany... und das K ist im Eimer. *Er lacht still vor sich hin.* Gutes, altes Deutschland... *Pause, dann verfällt er in lautes Denken.* Der Ort deiner Jugend... du trauriger Jäger! bist du belustigt? Was sagst du dazu? Sonderbar, nicht? *Pause.* Wie alles der Zeit widerstanden hat hier... Ohio... Philadelphia... New Orleans... bloße Hirngespinste. Gibt es nicht... naja, wer weiß. *Plötzlich zum Stummen Gast.* Richtig. Sie da, hatte ich Sie nicht um Feuer gebeten?

BARMIXER *kommt wieder durch die Tür* Zizizi.

KOPITZKE *zum Stummen Gast* Kriegen Sie denn wenigstens was zu trinken?

BARMIXER *tritt hinter den Tresen, scheint ein wenig außer Atem zu sein, zu Kopitzke* Jon, laß ihn. Der spricht nicht. Der spricht nie. Nä, das ist der Laufbursche, sag ich immer, der Laufbursch vom Haus der toten Seelen.

KOPITZKE Wie? Was? Von welchem Haus?

BARMIXER Toten Seelen! Nä, der arbeitet für ein Museum. Mit dem muß man kein Mitleid haben.

KOPITZKE Und — was macht das K?

BARMIXER Schwamm drüber, nä. Ich reg mich bloß auf. *Er putzt wieder an einer Stelle auf dem Tresen herum.* Ränder! Ränder! Nä, überall Ränder. Eine Pest ist das... Sag, Jon. Willst du nichts trinken?

KOPITZKE Ach, alter Junge, zu trinken gibts hier also auch was? Wie spät isn das?

BARMIXER Mußt du wo hin, Jon?

KOPITZKE *spöttisch* Aber neun Uhr ists gewiß, hm?

BARMIXER Lang, Jon. Nä, lange.

KOPITZKE Naja, prima. Dann gibts jetzt also was zu trinken. Im guten, alten Deutschland...

BARMIXER Jon, nimmst du eine... so ne feine, aufgestockte Goldhand lieber? Oder einen Höhenflug? Unsre Sündenbomber, nä, Jon. Alles da wie früher.

KOPITZKE Früher ist vorbei.

BARMIXER Sag das nicht, Jon, nä. Die Goldhand und der Höhenflug, die zwei, nä, die sind noch immer meine größten Renner. Die. Spitzencocktails. Wie gesagt, Sündenbomber.

KOPITZKE Ich weiß nicht... mit meinem schwachen Magen... Mach mir lieber einen Whisky. Ohne Eis. Nur n bißchen Soda.

BARMIXER Whisky, Jon. Nä, sei mir nicht böse... Trink ne Goldhand, Jon. Die tut immer gut. Du mußt sie nur schön langsam trinken, nä, bedächtig, wie der Deutsche sagt. Dann lockt sie dir die feinsten Gefühle um deine Gedanken. Nichts Schmutziges, nä, Jon. Ich mix dir ne Goldhand.

KOPITZKE Gefühle... Ich werd Karussell im Bett fahrn.

BARMIXER Bitte, Jon, nä, einen Whisky kriegst du von mir nicht. Entscheide dich. *Pause.* N ollen Whisky, Jon! Nach den vielen Jahren... *Stille.*

KOPITZKE *beugt sich über den Tresen und packt den Barmixer bei den Schultern* Keinen Whisky?

BARMIXER Jon! Der Wilde Westen ist hier nicht...

KOPITZKE Schau in meine Augen!

BARMIXER Ui, ui, ui, Jon, wie? Cocktailparty...

KOPITZKE Hörst du meine armen Augen schrein?

BARMIXER Ich, nä, ich schrei gleich!

KOPITZKE Sind wir Freunde geblieben? Über die Jahre? Über die vielen Jahre? Was zwischen uns war, Paul, ist vorbei. Der alte Streit und Ärger um Hedy, ums Geld... glaub mir, ich hab! und ich will ihn vergessen sein lassen... und ihn nicht am Abend um die Ecke krauchen sehn wie neu.

BARMIXER Jon, ich mein, wir mißverstehen uns ganz. Was isn los?

KOPITZKE Nichtmal n Whisky machst du mir. Und fragst, was los ist. Ich wollt die Gespenster nicht herpfeifen...

BARMIXER Nä, Jon, was ziehen denn da für Wolken herauf...

KOPITZKE Tu nicht so fremd! Wer hat mir damals in den Ohren gelegen mit seinem Geflüster? Du, Paul. Du! Du hast mich krank gemacht, bis ich ging. »Die Flamme — deine Hedy! woi woi woi, die treibt es mit vielen. Die gibt sich jedem hin, der mehr alsn lumpigen Volkswagen hat, nä.« Das war deine Rede, Paul, allabendlich. Hättst du mir nicht so alles zertreten, nie wär ich nach Amerika. Wenn schon, Paul, kannst du getrost auch gegen dich selbst stinkig sein. Sicher, ich wollte was werden... wir waren jung. Ich dachte, ich hätte das Zeug fürn großen Musiker. Großer Musiker... heut lach ich darüber. Geld wollte ich machen drüben, ne eigene Bar und eine Frau, die ich liebe. Die du nicht und keiner mir ausm Glück pflücken kann. Bitte. Es ist nichts daraus geworden. Dreißig Jahre... dreißig lange Jahre stinkige Kneipen und ranzige Träumereien. Ich bin von Stadt zu Stadt getingelt, Paul, sie haben mich nur ausgelacht für mein Geklimper. Zum Schluß, als man mich nicht einmal mehr Konserven im Supermarkt auspacken ließ, hab ich mich ner Babtistin... was weiß ich... mit ner Haushälterin in Philadelphia verlobt. Verlobt, weil ichn paar Dollars brauchte. Ich hatte nichts mehr... ich wollte bloß zurück. Ich hatte genug gegafft und gegriffen nach dem Glück. Es verzog sich, wo ich auftauchte. Nun bin ich wieder hier... Sag, das ist doch auch mein zu Hause, Paul? Hast du einen Neuen hinter der Orgel?

Nein, wie? Ich darf wieder spielen... einfach drauflosklimpern. Paul, du mußt mir nichts bezahlen. N Trinkgeld... was brauche ich schon... ich spiel und hab n... hab wieder ein Zuhause... Mäcki warn Seemann... hm! Paul, war das nicht ne Klassenummer von mir? Laß uns, was war, vergessen, Paul. Mehr Glück erbitt ich nicht für mich.

BARMIXER Jon, nä, jetzt hast du mich tüchtig erschreckt.

KOPITZKE In Gottes Namen, alter Junge. Laß den Whisky. Mix mir ne Goldhand.

BARMIXER Ich, Jon, nä...

KOPITZKE 1956! Erinnerst du dich noch? März 56. Gott, waren wir jung. Ein Jahr später hast du die Bar hier aufgezogen... Aber was ich erzählen wollte... März 56 arbeiteten wir noch bei der Deutschen Schlafwagengesellschaft. Im Rheinpfeil, zwischen Duisburg und Dortmund, ging uns das Eis aus, um die Getränke zu kühlen. Das Bier und die Limonade — alles lauwarm. Als wir in Dortmund ankamen, sprang ich gleich aus dem Zug und lief um Eis. Und wie ich dann mit den zwei Stangen Eis... Paul, mit dem Eis wieder auf dem Bahnsteig stand, da fuhr mir der Rheinpfeil vor der Nase davon. Du lehntest aus dem Fenster und lachtest... lachtest... bis der Zug zum Bahnhof hinaus war... *Pause.* Immer vor der Nase weg, Paul, meine Züge. Und ich immer hinterher. Jetzt ists genug... ich habe keine Puste mehr... Laß uns was trinken, Paul, und lächeln, wie sichs für müde Pokerfreunde gehört. Unser Abend ist angebrochen.

BARMIXER Was die Zeit so alles verwirrt, indem sie verstreicht.

KOPITZKE Begaffen wir nur immer unsre Spiegelbilder, Paul. Da stehn die welken Träume eingepetzt wie Hieroglyphen. Da kanns an Spaß nicht fehlen...

BARMIXER Ja, jetzt, Jon, nä, jetzt klärt sich manches auf.

KOPITZKE So darf ich also bleiben, Paul? Spielen? Was ist schon dabei... Gnadenbrot ist auch Brot.

BARMIXER Gestatte, Jon, nä... du...

KOPITZKE Was?

BARMIXER Nä, du mixt da was durcheinander. Die ganze Zeit über, nä, denk ich mir schon: was mixt der gute Onkel Jon nur alles durcheinander und piesackt mich so. Ich, nä, bitte! — bin nicht der, für den du mich hältst. Nä, bin ich nicht. Ich bin nicht dein Paul. *Pause.*

KOPITZKE *starrt den Barmixer merkwürdig an* Dreht sich die Welt so schnell... oder steh ich bloß auf dem Kopf. Du bist nicht Paul?

BARMIXER *übertrieben, als spräche er mit einem Ausländer* Ich not Paul. Nix! nä. Nix Paul!

KOPITZKE Wer bist du dann, wenn nicht Paul? Ich nagle dich fest. *Er zieht eine Photographie heraus.* Der sich da gegen den Tresen lehnt — bist dus etwa nicht? Oder bin ich blind? *Müde und traurig.* Oder du dein Double... Paul, was soll das blöde Spielchen... mir macht das kein Vergnügen. Frißt der alte Haß in dir wegen Hedy noch immer? Paul, das kann ich nicht glauben... will ich nicht. Ich war eifersüchtig... du warst eifersüchtig... ich hab ihr die Karriere vermasselt... dich mit der Bar sitzen lassen... aber das waren doch nur die Irrtümer der Jugend! Hey! Ich komme aus Amerika. Ich bin erledigt. *Er hält seine Hände mit den Rücken nach oben vor sich hin.* Schau, wie die zittern... Paul. Und sollten Musik machen. Und Geld und... die Liebe nach Hause führn. *Pause, er starrt die zittrigen Hände an.* Gestern... aufm Schiff... wir standen vor der Elbmündung... ich servierte den Damen den Tee... rutschte mir das Tablett mit dem Tee... *Pause.* Und sie schienen alle belustigt, Paul... über den wackligen Depp...

BARMIXER Als du gingst, Jon, nä, damals, es war eine kalte Februarnacht, Faschingsdienstag, war ich fünfzehn Jahre...

KOPITZKE Was hast du gesagt? Ich hab dich nicht verstanden.

BARMIXER Jon, nä, glaubs mir, ich bin der Junior. Ich bin der Sohn von Paul.

KOPITZKE Du bist der Sohn von Paul?

BARMIXER Wie gesagt, nä. Der Sohn. Paul, nä, heiß ich, wie mein Alter...

KOPITZKE Ich weiß. Das weiß ich.

BARMIXER So, nä, kommen die Mißverständnisse auf. Was soll man machen?

KOPITZKE Du hieltst auf dem Hof ein Pony, stimmts? Ich hab dir manchmal Würfelzucker für dein Pony gegeben. Es lahmte auf dem rechten Vorderfuß...

BARMIXER Ja, nä, mein Pony. Das ist nun auch schon lange tot.

KOPITZKE Du siehst aus wie dein Vater. Der Klang deiner Stimme, die Bewegungen... wie der Vater.

BARMIXER Damals, nä, Jon... was heißt: damals, — eben als du gingst... fortgingst, nä... saß ich nächtelang wach im Bett und schwor mir, nä, es zu machen wie du. Nimm mich mit, Kapitän, auf die Reise... nach Amerika! wie Jon Kopitzke. Nach Chikago. *Pause.* Und? Nichts! Nä, nichts. Hier geblieben. Den ollen Grusch gehütet... Die letzte Reise, nä, Jon, die wird dann meine erste sein.

KOPITZKE Alt siehst du aus für deine jungen Jahre. Sehr alt...

BARMIXER *plötzlich heftig gegen den Stummen Gast* Sie, nä! Belauschen Sie nicht meine Gespräche. Trinken Sie Ihrn Cocktail aus! Wie stehtn der da? Nicht sehr froh. Trinkt einfach seinen Cocktail nicht. Hockt dir den

Umsatz kaputt. Pferdearsch. *Wieder bei Kopitzke.* Über den, Jon, nä, könnt ich dirn paar Geschichten erzählen. Du fingst zu frieren an. *Pause.* Was?

KOPITZKE Was?

BARMIXER Was hast du gesagt?

KOPITZKE Dafür, daß du sein Sohn bist... ich meine nur... Du siehst sehr alt aus.

BARMIXER Ich persönlich, nä, um das mal zu sagen, ich persönlich, nä, ich benütze keine Potenzmittel. *Pause.* Jon, wie komme ich darauf? Ja, nä, eben... weil von meinem Aussehen die Rede ist. Und Cremes gegen Falten erst recht nicht.

KOPITZKE Soll ich dir was sagen? Ich auch nicht.

BARMIXER Ja, nä, Jon... keine Mittel, sag ich. Die sind das Letzte. *Er klatscht in die Hände.* Herrgott! Und immer noch keine Goldhand gemixt.

KOPITZKE Wenn das keine Komödie ist...

BARMIXER Jon, nä, du wirst mir noch vergehn... *Er mixt eine Goldhand.*

KOPITZKE Bin ich, alter Freund. Bin ich längst. Vergangen.

BARMIXER Ohne Sünde, nä. Sie ist schon in Arbeit.... *Pause.*

KOPITZKE Hm... Pauls Sohn. Und das soll ich glauben?

BARMIXER Nä, keine Mittel. Was?

KOPITZKE Sag mir ehrlich: du bist Pauls Sohn? Ich krieg das nicht in meinen alten Schädel... Und Paul — dein Vater? Was ist mit ihm? Lebt er noch? Du, er lebt doch gewiß noch. Erzähl mir! Wo verbringt er seine Tage?

BARMIXER Musik! *Er läuft zur Musikbox, wählt einen Schlager, dreht die Lautstärke sehr hoch, kommt zum Tresen zurück.* Eigentlich hasse ich Musik. Bloß ne Bar ohne Gedudel ist... ist nä, ist wie ne Vespa ohne Frau hintdrauf... *Er mixt weiter.*

KOPITZKE Ich habe dich nach Paul gefragt, nach deinem Vater!

BARMIXER *nah vor Kopitzke* Später, Jon. Später. *Mit einer Kopfbewegung gegen den Stummen Gast.* Der lauscht, nä. Pferdearsch! Tamtaratam. Tamtaratam.

KOPITZKE Was soll das Getue?

BARMIXER Jon, kein Getue. Nä, ich werd dir schon alles berichten. Nur langsam. Hier ist nicht die Hot-Zeit wie drüben. Nä, erstmal will die Goldhand versorgt sein. Dann.

KOPITZKE Naja. Dann... bis dann.

BARMIXER Bei mir ist der Gast König. Bloß eilige Gäste! — nä, die mögen wir nicht. *Pause, er mixt.* Musik. Alles Musike. Wenns still ist, ist es gut.

KOPITZKE Warum sagst du mir das?

BARMIXER Nichts. Ich meine nur. Ich, nä, ich! — Ich denke am liebsten über den Tod nach. Warum? Darum! Als ich fünfzehn war, Jon, nä, ich habs dir erzählt, träumte ich von Chikago, Hotel am Michigan-See, mit riesigen Fenstern nach Süden... Jetzt ists der Tod. Nä, Jon. Du mußt dich nicht schämen für dein windiges Leben. Und der Harry drüben, nä, weiß für jeden Raben was.

KOPITZKE Wie? Was? Welcher Harry?

BARMIXER Der Kupferharry. So, Jon. Bitte, nä. Deine Goldhand. *Er serviert Kopitzke den Cocktail.*

KOPITZKE Was soll dieser Kupferharry drüben wissen?

BARMIXER Jon, woher soll ich das wissen?

KOPITZKE Hast du nicht gesagt, der weiß für jeden was?

BARMIXER Wenns einmal brennt, nä, Jon. *Er reibt den Zeigefinger gegen den Daumen, als zählte er Geld.* Noch brennt es ja nicht...

KOPITZKE Ich verstehe.

BARMIXER Wohlsein! Trinkn Schluck.

KOPITZKE Ja, ja, Wohlsein. Ich wünsch mir was. *Er trinkt.*

BARMIXER Jon, ist dasn Zauber? Gut, nä. Sehr gut. Ein Sündenbomber. *Zum Stummen Gast.* Sie solln nicht lauschen! Sie sollen trinken. *Pause.*

KOPITZKE Du kannst es ja mal mit mir probieren, eh du mich zu diesem... wie hieß er noch? Kupferharry schickst. Mäcki war ein Seemann... ja, das war ne Klassenummer von mir. *Pause.* Aber du kanntest sie wohl nicht, wie?

BARMIXER Nä, Jon. Kannt ich nicht. Kenn ich nicht. Aber probieren sollst dus und darfst dus, Jon, dein Liedchen.

KOPITZKE Ja?

BARMIXER Ja, Jon.

KOPITZKE Fast spür ich die Tränen steigen, Paul. *Er trinkt.*

BARMIXER *auf den Cocktail* Nä, sie brummt schön im Bauch.

KOPITZKE Zu Hause. *Er trinkt.* Trotz allem: zu Hause.

BARMIXER Und dann, nä, dann pilgert sie durchs Blut und... und verlächelt das Denken. Nä, Jon, meine Goldhand. Die is ne echte Zauberin.

KOPITZKE Jetzt heißts wieder: Barzeit mit Jon. Jon macht Musik. *Er läuft zur Hammondorgel, streichelt sie, setzt sich an sie.* Was war, kommt. Hallo! Das sind gefährliche Sprünge. Mein geliebtes, altes Kästchen... Ich werd meinen Hut noch verlieren... Ja, ja! hutlos und heiter findet mich der Abend nach der langen, vergeblichen Jagd... *Er ruft zum Barmixer hinüber, während er zaghaft die ersten Töne von »Mäcki war ein Seemann...« anspielt.* Und du, junger Paul, alter? — Wer du auch bist, hol es der Teufel, ich begreife es nicht, — Pauls Double! Willst mir nicht zutrinken?

BARMIXER Nä, dann gönn ich mirn schlanken Whisky...

KOPITZKE Ja, son schlanken Whisky wollt ich auch schon mal. *Er singt und spielt.* »Mäcki war ein Seemann und kein Hafen war ihm fremd...« *Er bricht ab und setzt dann wieder an.*

BARMIXER *hat sich einen Whisky eingegossen und hebt das Glas* Nä, Jon. Wohlsein!

KOPITZKE *spielt wieder die ersten Takte* Ja, Paul... auf das Wiedersehen... *Singt.* »Mäcki war ein Seemann und kein Hafen war ihm fremd, und ein Herz voll Liebe klopfte unter seinem...« *Er bricht ab.*

BARMIXER *singt für Kopitzke weiter* »... Hemd... klopfte unter seinem Hemd.«

KOPITZKE *starrt seine Hände an* Irgendwie, verdammt nochmal, sind meine Finger dicker geworden... steif und zittrig. *Er geht zum Tresen.*

BARMIXER *reicht Kopitzke den Cocktail* Macht nichts, Jon, nä. Macht schon überhaupt und gar nichts. Trink.

KOPITZKE *hält das Glas* Ja. Trinken ist immer gut.

BARMIXER Wohlsein. *Sie trinken sich zu. Pause. Kopitzke nippt an seinem Cocktail.*

KOPITZKE Sie brummt tatsächlich im Bauch...

BARMIXER Wer?

KOPITZKE Deine Goldhand...

BARMIXER Ich wollt schon sagen, nä, Jon.

KOPITZKE Was aus Hedy geworden ist?

BARMIXER Hedy? Welche Hedy?

KOPITZKE Hedy! *Pause.* Du kennst sie nicht?

BARMIXER Nä, Jon. Die kenn ich nicht.

KOPITZKE Du mußt sie kennen. Im Ernst! — dein Vater wollte sie heiraten. Ich glaubte, du hättest unsere Hedy... Hedy zur Stiefmutter bekommen.

BARMIXER Jon! das ist doch Dramatik mit Kartoffel in die Backen. Nä, von so ner Mutti...

KOPITZKE Bitte. Witzel nicht darüber.

BARMIXER Jon, von ner Stiefmutter für mich... nä! War nie die Rede.

KOPITZKE *trinkt* Hedy... eine süße Erinnerung... verzeih. Ja... *Er lächelt.* Sie war meine Geliebte, dann die deines Vaters. Sie war unsere Flamme! unsere Blume der Nacht. Sie war eine tolle Frau. Sie liebte uns beide... Paul, — also deinen Vater und mich... *Er trinkt.* Sie wollte Sängerin werden... sie hatte eine wundervolle Stimme. Auf ihre Stimme... ja, nicht auf ihren Körper... war ich im Übermaß eifersüchtig. So sehr, daß ich keine Gelegenheit ausließ, ihr einzureden, sie könne überhaupt nicht singen. *Pause.* Ja, alter Junge. Weißt du, zu guter letzt ließ ich sie nur gegen Bezahlung singen. Ich sagte zu ihr, wer so eine... so eine Blechstimme... mit so ner Stimme singen will, der muß dafür Geld bezahlen. Wirklich, ich nannte ihre wundervolle Stimme Kratzer... Kratzstimme. Blech. *Er trinkt.* Mein Gott. Ich wollte was anderes, ein anderes Leben... *Er trinkt.* Ja, Naja. Dann kam es wie es kam. So oder so... ich fand mich nicht zurecht... Hedy... Flamme... Blume der Nacht... Übrigens, — das Cis hängt... oder klemmt oder was... ist damit. *Er trinkt.* Und du sagst, du kennst sie nicht? Kennst Hedy nicht? Ach, Paul wird wissen, wie es ihr geht, und wo sie lebt... gewiß. Sag also, sag mir, was ist mit Paul, mit deinem Vater? *Er trinkt, dann müde.* Wenn dus nicht selbst bist... Paul, mein Paul... und alles bloß eine blöde Komödie...

BARMIXER Ists vielleicht meine Schuld? Hier rutscht das Leben schattig, nä, Jon, Weltmann! — schon sehr schattig an einem vorbei.

KOPITZKE Erzähl von Paul... *Bitter.* Von deinem Vater. *Der Barmixer deutet stumm, mit einem langen Finger, gegen den Boden.* Was soll das!

BARMIXER Nicht so laut! *Mit Kopfbewegung gegen den Stummen Gast.* Der lauscht.

KOPITZKE Ich werd noch den Verstand verlieren. Ist er tot?

BARMIXER Nä, er haust da unter uns. Im Keller, nä, dort hat er sein Reich...

KOPITZKE Wie bitte?

BARMIXER Ja, Jon. Seit du fort bist, Jon. Immer da unten.

KOPITZKE Die ganzen dreißig Jahre? Das ist nicht wahr!

BARMIXER Nä, du wirst es nicht glauben: es ist wahr. Ja. Und wenn er mal heraufsteigt, nä, Jon, wenn, — dann nur, um nachzusehen, ob auf dem Tresen auch keine Ränder sind. Die haßt er.

KOPITZKE So?

BARMIXER Ich sag, wenn jemand nach ihm fragt, sag ich, mein alter Herr ist tot und liegt in Witzhave, weit im Osten drüben hinter der Elbe, nä, begraben. Dem... Pferdearsch... *mit Geste auf den Stummen Gast* — erzähle ich, er lebte noch. Irgendwo, in einem Nest in Franken. Nä, der will die Bar aufkaufen. Fürn Museum! Sowas Beklopptes. Nicht, solange mein Vater noch lebt. Nä, und auch sonst nicht.

KOPITZKE Sag, ich hab mich nicht verhört... Paul, mein alter Freund Paul lebt hier unter uns im Keller?

BARMIXER Ja, nä. Wie gesagt. Fast ne Tragödie. Aber er fühlt sich wohl. Was soll man machen?

KOPITZKE Warum? Warum gerade dort?

BARMIXER Nä, Jon, da kann ich den Kopf auch bloß schütteln wien Pferd. Nä, der hat dem Kalender die Zunge rausgestreckt, sag ich immer.

KOPITZKE Was faselst du?

BARMIXER Nichts. Er hat das Zeitgefühl völlig verloren. Völlig total. Ohne Zeit. Was ist Zeit, nä? Jon, was? Verflixt! — es fällt mir nicht mehr ein. Gerade hab ichs dem Herren gesagt... Ich könnte ihn fragen, Jon, nä. Nur der spricht nicht... *Er überlegt.* Es war was mit Clown... nä, ich glaube mit Clown. Hab ich Clown gesagt... Affe! Richtig. Affenkram... Ja, nä, tick, tick, tick — hat sichs ausgetickt bei ihm. Hin, nä, hin das Ührchen. Er glaubt, er sei noch immer achtunddreißig. Sitzt auf seinem Bett da unten und schaut sich im Spiegel ewig an. Nä, wenn er nicht Flaschen sortiert oder sonst was...

KOPITZKE Bring mich zu ihm.

BARMIXER Nä, Jon! daß er sich bloß nicht erschreckt... Besser, du wartest den Augenblick. Ich muß ihn doch vorbereiten, nä, auf den Besucher. Üb dein Liedchen, Jon, üb du dein Liedchen... ich bin im Nu zurück... *Er klappt hinter dem Tresen eine Falltüre auf, wendet sich aber plötzlich dem Stummen Gast zu.* Sie, nä! Sitzen Sie anständig auf dem Hocker! So sitzt man nicht! *Er steigt in den Keller, ruft.* Üben, Jon, üben! Ich ruf dich... *Stille.*

KOPITZKE *steht ungläubig neben der Hammondorgel, kommt dann zum Tresen, sieht lange den Stummen Gast an und beugt sich schließlich über den Tresen* Paul! *Stille.* Hm, im Keller... im tiefen Keller... *Pause. Kopitzke lehnt noch immer über den Tresen, dann, ohne ihn anzusehen, zum Stummen Gast.* Wollen Sie nicht mich in Ihrem Museum aufstellen? *Pause.* Als... naja, sagen wir... als alte Flasche?... Nein? *Pause. Kopitzke schlurft müde zur Hammondorgel zurück und setzt sich. Nach einer Weile spielt er wieder den Anfang von »Mäcki war ein Seemann«, dann springt er auf die letzte Zeile der ersten Strophe.* »Mäcki, Mäcki, Mäcki, Mäcki, Mäcki, oh!« *Pause.* Es wird schon gehn... *Er reibt und knetet seine Finger.* Mein Gott. War das eine Zeit... *Er beginnt wieder zu üben.* Das Cis schlägt nicht an, das K in der

Leuchtschrift tut es nicht mehr... ja, ja, ja. Paul im Keller... ja, ja, Glückwunsch, alter Freund. Du bist zu Hause... *Leise und müde klimpert er vor sich hin.*

Nach einer Weile rutscht der Stumme Gast von seinem Hocker und tritt vor die Musikbox. Er zieht ein Geldstück heraus, wirft es ein und wählt einen Schlager. Dann geht er zurück zu seinem Platz und setzt sich wieder. Dann ertönen aus der Musikbox die Comedian Harmonists: »Mein lieber Schatz, bist du aus Spanien.« Jon Kopitzke läßt sich davon nicht beirren und spielt weiter seinen Mäcki.

II

Schluckauf

In die Balkona Bar treten der Junge Deutsche — er hat einen Klumpfuß und ist übertrieben modisch gekleidet wie einer, der in jungen Jahren plötzlich zu großem Reichtum gekommen ist — und der Abstauber mit Namen Schütz. Herr Schütz hat gegen einen heftigen Schluckauf zu kämpfen. Hinter diesen beiden Personen, denen eine tagelange Zechtour deutlich anzumerken ist, drängelt ein kleiner, dicker Feuerwehrmann in einer knallroten Uniform in die Bar. Vor seiner Brust baumelt ein großes Lebkuchenherz mit der vollkommen verfehlten Aufschrift: »Hurra! Ich bin arbeitslos.« Aus der Musikbox ertönt »Mein lieber Schatz...«, während Jon Kopitzke grau und mit spitzen Schultern die Hammondorgel bearbeitet.

DER ABSTAUBER Die Stunde Null — das beweist der Aufschwung in den 50er Jahren — war eine nützliche Erfindung der Nach- — *er schluckt* — Nachkriegsgesellschaft. Ein Strich unter Hitler. Hätten die Deutschen diesen Strich... — *er schluckt* — ...nicht gezogen, und sich in Selbstvorwürfen... Selbstvorwürfen... — *er schluckt* — Dieser elende Schluckauf!

DER JUNGE DEUTSCHE Schütz, ich will mich nicht in deine Angelegenheiten drängeln, aber Schütz! kraul bitte nicht ständig so aufgeregt in deinem Bart herum.

DER ABSTAUBER Ich habe keinen Bart.

DER JUNGE DEUTSCHE Wieso hast du keinen Bart?

DER ABSTAUBER Weil ich keinen Bart habe! Zum letzten Mal.

DER JUNGE DEUTSCHE Na, ich weiß nicht, Schütz. Wenn das kein Bart ist...

FEUERWEHRMANN Verzeihung.

DER JUNGE DEUTSCHE Schütz! — das ist sogar ein extrem auffälliger Bart.

DER ABSTAUBER Ich will das Wort Bart nicht mehr hören!

DER JUNGE DEUTSCHE Ein richtiger Akademikerbart ist das, Schütz. Extrem!

DER ABSTAUBER Seit einer Stunde versuchst du mir einen Bart anzudichten. Was soll das?! *Er schluckt.*

FEUERWEHRMANN Helfgott. Verzeihung.

DER ABSTAUBER Verflixt! — langsam wird es gräßlich.

DER JUNGE DEUTSCHE Seit zehn Jahren, Schütz, trägst du nun einen Bart. Und plötzlich fällt es dir ein, deinen Bart zu verleugnen. Schütz, ich finde das peinlich... charakterlos!

DER ABSTAUBER Sehr witzig. Wirklich. Außerordentlich wi... wi... *Er schluckt.*

DER JUNGE DEUTSCHE Die alten Symbole regen Widerstandsgeistes, deutscher Bildung — schwuppdiwupp unter die Fahnen von gestern gefegt. Nein, Schütz. Als wär son Bart nicht mehr als nurn paar zipplige Haare... *Zum Feuerwehrmann.* Oder?

FEUERWEHRMANN Klar. Das ist die sexuelle Vielfalt...

DER JUNGE DEUTSCHE Die sexuelle Vielfalt — ich danke Ihnen. Hörst du, Schütz! Die sexuelle Vielfalt... Ist das.

DER ABSTAUBER Schwachsinn! Der pure Schwachsinn...

DER JUNGE DEUTSCHE Ich finde das gar nicht so falsch, mit dieser sexuellen Dingsbumsda...

FEUERWEHRMANN Mal abgesehen von dieser süßen Sauerei... Verzeihung! Ist hier vielleicht noch jemand von der freiwilligen Feuerwehrgruppe Pinneberg-Elmshorn?

DER ABSTAUBER Nicht einen vernünftigen Gedanken kann man zu Ende... *Er schluckt.* Wer?

FEUERWEHRMANN Pinneberg-Elmshorn!

DER ABSTAUBER Ich bin nicht aus Pinneberg-Elmshorn!

DER JUNGE DEUTSCHE Fragen Sie mal den Mann am Klavier.

FEUERWEHRMANN *auf Kopitzke, der noch seinen Hut auf hat* Friert der?

DER JUNGE DEUTSCHE Schütz, zu einem Akademiker, glaub mir, gehört der Bart wie die Kartoffel auf den deutschen Mittagstisch.

DER ABSTAUBER Laß du dich nicht über Deutschland aus, über die Deutschen. Du nicht!

DER JUNGE DEUTSCHE Denk an Einstein, Marx — und die vielen anderen Köpfe.

DER ABSTAUBER Du liebst Deutschland nicht!

DER JUNGE DEUTSCHE Die schmückte alle ein kräftiger Bart. Wie bitte? Wen liebe ich nicht?

DER ABSTAUBER Deutschland!

DER JUNGE DEUTSCHE Der eine mag Spinat, der andere nicht. Schütz, das ist wie mit seiner sexuellen Vielfältigkeit... Aber, Schütz, was nicht ist, kann noch werden.

DER ABSTAUBER Du bist ein Schieber! Ein ganz kleiner mieser Schieber bist du. *Er schluckt.* Das ist nicht auszuhalten...

DER JUNGE DEUTSCHE Werde bitte nicht grob. Wir sprechen von deinem Bart. Und von Bärten im Allgemeinen.

DER ABSTAUBER So! nun verrate mir endlich, wo hier ein Bart sitzt.

DER JUNGE DEUTSCHE Sitzt?

DER ABSTAUBER Ja, oder hängt oder was. Na, der muß doch wo dran sein.

DER JUNGE DEUTSCHE Alles voll, Schütz. Barthaar an Barthaar. Total verfranst und verfippst.

DER ABSTAUBER Ich hätte zu Hause bleiben sollen.

DER JUNGE DEUTSCHE Kämmst du eigentlich deinen Bart nicht? Den muß man doch ab und an mal tüchtig durchbürsten. Oder?

DER ABSTAUBER Kümmere du dich lieber um deinen dicken Fuß. *Hysterisch.* Um deinen Goebbels! Goebbels... *Er schluckt.* Goebbelshaxen. Jawohl. Statt dich über Bärte zu ereifern. Dies nicht gibt.

FEUERWEHRMANN *zu Kopitzke* Spielen Sie doch... spielen Sie doch mal den Egon. *Er singt.* »Egon, ich hab ja nur aus Liebe zu dir, ja nur aus lauter Liebe zu dir, ein Glas zuviel getrunken.«

DER JUNGE DEUTSCHE Sie, Egon, kommen Sie mal her.

FEUERWEHRMANN Meinen Sie mich?

DER JUNGE DEUTSCHE Sie heißen doch Egon.

DER ABSTAUBER *tritt an den Tresen* Ob ich wohl... ein Schweppes?

KOPITZKE *sich auf dem Plakat betrachtend* Jon, laß dich nicht an den Ohren ziehn. Alter Freund, ich spreche mit dir. Laß dich nicht an der Nase führen... *Er drückt einen Finger auf seine Nase auf dem Plakat.* Ohio gibts nämlich doch.

FEUERWEHRMANN *beim Jungen Deutschen* Freiwillige Feuerwehrgruppe Pinneberg-Elmshorn.

DER JUNGE DEUTSCHE *hebt die Hand zum Gruße* Gebührenkontrolleur Zipfel! Charlottenburg-Ost.

FEUERWEHRMANN Mir rennt die Zeit weg.

DER JUNGE DEUTSCHE Sagen Sie, was meinen Sie. Hat der Herr dort am Tresen nun einen Bart, oder hat er keinen Bart?

FEUERWEHRMANN Welcher Herr?

DER ABSTAUBER Widerlich!

DER JUNGE DEUTSCHE Der da, links. Mit dem Spitzbart. Mit dem schütteren Spitzbart.

DER ABSTAUBER Langsam finde ich die Bartnummer nicht mehr witzig.

FEUERWEHRMANN Sie, Spitzbart hieß doch überhaupt der Zigeuner in der Soße... wollte ich gleich sagen. In der Zone, in der Russenzone! *Er lacht.* Das warn Spitzbart, Sie. Ein Roter.

DER ABSTAUBER *zum Stummen Gast* Ist das Personal verreist?

FEUERWEHRMANN Mir rennt die Zeit weg. Ich trabe nun schon seit einer Stunde das Quartier ab nach meinen Leuten.

DER JUNGE DEUTSCHE *auf das Lebkuchenherz* Sind Sie arbeitslos?

FEUERWEHRMANN Sie sind gut. Ich hab doch das Herz nicht gebacken.

DER ABSTAUBER *laut* Ist hier niemand?

FEUERWEHRMANN Sie haben nicht zufällig jemanden oder eine Gruppe in diesen roten Uniformen gesehen?

DER JUNGE DEUTSCHE Ein schönes Rot. Ein sehr schönes Rot! Vielleicht n bißchen zu bonbonig.

FEUERWEHRMANN Wir müssen weiter.

DER JUNGE DEUTSCHE Nach Pinneberg-Elmshorn? *Er ruft.* Schütz!

FEUERWEHRMANN Der Busfahrer tritt mir noch sein Schuh in den Arsch.

DER ABSTAUBER Ich bin nicht aus Pinneberg-Elmshorn!

FEUERWEHRMANN Dann trabe ich mal wieder los.

DER JUNGE DEUTSCHE Und bestellen Sie Ihrem Busfahrer, er soll mal nicht päpstlicher sein als der Papst. Auch ein Feuerwehrmann braucht Liebe.

FEUERWEHRMANN Ja, die Liebe — schön und gut. Bloß, ich find den Puff nicht. Das ist das Übel.

DER JUNGE DEUTSCHE Über die Straße rüber, dann rechts, das dritte Haus.

FEUERWEHRMANN Danke. Werd ich dort mein Glück versuchen... Nein! Nein, mit solchen Kollegen kann man keinen Ausflug machen. Rammler! lauter Rammler. Es ist schlimm. *Ab.*

DER ABSTAUBER *trommelt auf den Tresen* Hallo, bitte! Ist das Personal verreist?!

DER JUNGE DEUTSCHE Schütz, du machst heute aber einen sehr disperaten Eindruck.

DER ABSTAUBER Ich möchte ein Schweppes!

DER JUNGE DEUTSCHE Keinen Batita di Coco?

DER ABSTAUBER Nein! Ein Schweppes. *Er schluckt.* Verflixt!

DER JUNGE DEUTSCHE Was für ein Schwepps?

DER ABSTAUBER Ein Schweppes!

DER JUNGE DEUTSCHE Schütz, da gibt es verschiedene Schwepps.

DER ABSTAUBER Das weiß ich. Das mußt du mir nicht erklären.

DER JUNGE DEUTSCHE Bitter Lemon. Orange. Soda.

DER ABSTAUBER Ein Schweppes! *Er schluckt.* Will ich.

DER JUNGE DEUTSCHE Ein Schwepps. Darf ich dich einladen?

DER ABSTAUBER Ich hab Schluckauf.

DER JUNGE DEUTSCHE Also hoffentlich bekommt dir das Schwepps dann.

DER ABSTAUBER Hör auf!

DER JUNGE DEUTSCHE Und denk an dein Projekt, Schütz.

DER ABSTAUBER Zieh jetzt bitte nicht diese Nummer ab. *Er schluckt.* Verflixt.

DER JUNGE DEUTSCHE Ich will dich nicht bemuttern, Schütz, ich hab auch nie behauptet, dein Projekt sei zu neunzig Prozent glatte Idiotie... ich wage nur zu bezweifeln, daß man diesen Hammer durchsetzen kann... hör mal, es gibt zwei Möglichkeiten: entweder spinne ich oder du.

DER ABSTAUBER Mußt du dich ständig wiederholen?

DER JUNGE DEUTSCHE *zum Stummen Gast* Dieser Kopf — dieser unwahrscheinlich behaarte Kopf: brütet ein Buch über den Energieverbrauch in Fliegenmuskeln aus. Ich denk, mich laust der Affe. Ein ganzes Buch...

DER ABSTAUBER Das ist mir zu dumm!

DER JUNGE DEUTSCHE Über so ne kleine Fliege schreibt der so ein dickes Buch. Ernsthaft!

DER ABSTAUBER Ich würde gerne Pfeife rauchen. Aber ich habe meine Pfeife im Institut vergessen...

DER JUNGE DEUTSCHE Schütz! wer, bitte, soll das Werk lesen? diesen Hammer. Ich?

DER ABSTAUBER Ja, das wäre sehr komisch.

DER JUNGE DEUTSCHE Weshalb komisch?

DER ABSTAUBER Nun, komisch in dem Sinn... wie soll ich sagen... komisch wie es komisch ist... *Er schluckt.* Ich sterbe.

DER JUNGE DEUTSCHE Ich will wissen, was daran komisch ist, wenn ich dein Scheißbuch über Fliegenmuskeln lese.

DER ABSTAUBER Es ist eben komisch! *Er schluckt.* Weil es komisch ist... wie es komisch ist, wenn ein ganz kleiner Mann mit ner ganz großen Frau... *Er schluckt.*

DER JUNGE DEUTSCHE Was?

DER ABSTAUBER Na, zum Beispiel tanzt. *Er lacht laut.*

DER JUNGE DEUTSCHE Irrsinnig komisch. Schütz, du hättest Witzbold werden sollen.

DER ABSTAUBER Du hast nichts als Geld im Kopf. Geld! Geld! Ständig jagst du hinterm Gelde her. Wieviel Millionen hast du denn schon zusammengerafft?

DER JUNGE DEUTSCHE Runde fünfzehn.

DER ABSTAUBER Du bist der krasseste Materialist, den ich kenne.

DER JUNGE DEUTSCHE Heute, Schütz, bin ich zweiunddreißig Jahre. Ich habe Geld wie Indien Kinder.

DER ABSTAUBER Mir einerlei! Mach, was du willst. Sei der geldschlingende Banause, der du bist. Bloß erhebe dich nicht über meine Arbeit. Darauf reagiere ich mehr als... empfindlich.

DER JUNGE DEUTSCHE Ich zahl dirn Schwepps.

DER ABSTAUBER Es langweilt mich. Seit ich weiß nicht wieviel Nächten — *er schluckt* — schleppst du mich von Kneipe zu Kneipe und protzt mit deinen Millionen. Der Schlossersohn mit dem Klumpfuß und acht Jahren Volksschule hat die Taschen voll Geld. Na prima! Na fein!

DER JUNGE DEUTSCHE O! Jetzt kriegt der hirnlose Hund aber seine Tracht Prügel. Wie?

DER ABSTAUBER Entschuldige, du. Du, das war in der Erregung gesagt.

DER JUNGE DEUTSCHE Fliegenmuskelnenergieverbrauchsbuch hin oder her... Warum, Schütz, sagst du nie Michael zu mir?

DER ABSTAUBER Was hatn das damit zu tun?

DER JUNGE DEUTSCHE Ich heiße Michael.

DER ABSTAUBER Ich kann auch Michael zu dir sagen.

DER JUNGE DEUTSCHE Sag: Michael, ich bin dein Freund.

DER ABSTAUBER Soll ich das so auf Befehl sagen?

DER JUNGE DEUTSCHE Ich zahle dir sechstausend Mark dafür.

DER ABSTAUBER Das ist doch aber total krank!

DER JUNGE DEUTSCHE Willst du mit deinem Werk irgendwann fertig werden? Mit dem Hammer? Siehst du, Schütz. Hier. *Er zieht einen Bündel Geldnoten hervor.* Sechstausend. Sprich!

DER ABSTAUBER *starrt das Geld an* Nett. Nett von dir. Sprechen wir nicht vom Geld.

DER JUNGE DEUTSCHE Und die Sechstausend?

DER ABSTAUBER Wenn du nicht aufhörst, gehe ich.

DER JUNGE DEUTSCHE Wie lange beugst du dich eigentlich schon über deine Fliegenmuskeln, Schütz?

DER ABSTAUBER Ich kann mein Leben und meine Arbeit und... *Er schluckt.*

DER JUNGE DEUTSCHE Eine Hand reicht da bestimmt nicht aus, um die verplemperten Jahre zu zählen.

DER ABSTAUBER Und eben alles und alles! — was ich tu und lasse, auch alleine berappen.

DER JUNGE DEUTSCHE Bloß wenn es ans Berappen geht — die vielen Cocktails und Schnäpse kosten immerhin echtes Geld — dann hat er das Portemonnaie... vergessen oders hat Dünnschiß gehabt und ist leer, sein Portemonnaie.

DER ABSTAUBER Das ist fies!

DER JUNGE DEUTSCHE Bitte, Schütz, keinen Streit. Ich will doch nur meine Millionen begießen. Wer ist im Glück schon gerne allein? Ich komm aus der Gosse.

DER ABSTAUBER Dann stelle die Dinge bitte nicht so dar, als wär ich ein mieser, verklemmter... nun ja, ein Abstauber.

DER JUNGE DEUTSCHE Und warum kannst du es nicht sagen?

DER ABSTAUBER Daß ich blank bin?

DER JUNGE DEUTSCHE Nein, Schütz. Daß du mich lieb hast. Mich, Michael!

DER ABSTAUBER Michael... Also, wenn du die Augen auch noch dabei zumachst, dann fühl ich mich gleich wie son Flittchen. Fühl ich mich ohnehin schon... so...

DER JUNGE DEUTSCHE Schütz, sag es. Ich brauch das. Denk an deine Fliegenmuskeln! *Pause.*

DER ABSTAUBER Sag... du... — *er schluckt* — kannst dus mir nicht einfach borgen?

DER JUNGE DEUTSCHE Die Sechstausend?

DER ABSTAUBER Ich bin, wie gesagt, ein bißchen eng... ja, knapp dran, eng. Und bis in drei Wochen... also Ultimo hast dus bestimmt zurück. Dein Geld.

DER JUNGE DEUTSCHE *geht, mit dem Geldbündel die Luft fächelnd, durch die Bar, tritt dann zu Jon Kopitzke, sieht auf das Plakat, sieht lange Kopitzke an und wieder das Plakat* Ah! Das Original persönlich. Waren Sie in Kur? Jon, wars die Leber? Sie haben hier gefehlt...

KOPITZKE Das Cis schlägt nicht an. Was? *Pause.* Nein, ich war nicht in Kur.

DER JUNGE DEUTSCHE Jon, da kann ich für den nächsten Leberschaden nur Bad Mergentheim empfehlen.

KOPITZKE Ich bin durchn paar schmutzige Straßen gelaufen, wenn Sies genau wissen wollen. Mit Wind in den Taschen.

DER JUNGE DEUTSCHE Sie sind einen Tag zu spät gekommen.

KOPITZKE *bitter-ironisch* Ich weiß.

DER JUNGE DEUTSCHE Jon, Sie haben sich im Tag vertan. Gestern gabs hier einen saugeilen Umtrunk.

KOPITZKE Schade.

DER JUNGE DEUTSCHE Keine Sorge. Heute wird auch nicht wenig geschluckt. Hier ist jeden Tag Fasching. *Pause.*

KOPITZKE Weshalb geben Sie Ihrem Freund das Geld nicht?

DER JUNGE DEUTSCHE Sie machen mir Spaß.

KOPITZKE Sie Großmaul.

DER JUNGE DEUTSCHE *stutzt einen Moment* Ja, ich bin ein Großmaul. Was bleibt einem auch übrig... Kennen Sie Amerika?

KOPITZKE So lala.

DER JUNGE DEUTSCHE Ich war da. Hab ichn schönen Sack Dollars gemacht. Mit Drive-in-Kinos. Amerika ist auch nicht das Gelbe vom Ei. Zuviel... zuviel Pack.

KOPITZKE Und Sie? Kennen Sie: Von den blauen Bergen kommen wir?

DER JUNGE DEUTSCHE Kenn ich. Kenn ich alles.

KOPITZKE Großmaul.

DER JUNGE DEUTSCHE Haben Sie Magenschmerzen, Jon?

KOPITZKE *müde* Ich könnte dein Vater sein...

DER JUNGE DEUTSCHE *humorlos* Mein Vater war ein Auto mit Namen Goliath.

KOPITZKE *auf Schütz deutend* Nun geben Sie ihm schon das Geld.

DER JUNGE DEUTSCHE Ja? Soll ich? *Er ruft.* Schütz!

DER ABSTAUBER *der die ganze Zeit in seinen Taschen herumwühlt* Zu dumm.... Bitte, was?

DER JUNGE DEUTSCHE Der Mann am Klavier sagt, ich soll dir mein Geld geben. Er findet mich sonst gehässig. Kleinlich, wie?

DER ABSTAUBER Aber ich kann das nicht sagen, was du von mir hören willst. Jedenfalls nicht so auf Kommando...

KOPITZKE Dann sagen Sie es eben nicht.

DER ABSTAUBER Was haben Sie damit zu tun?

KOPITZKE Brauchen Sie das Geld oder brauchen Sie es nicht?

DER ABSTAUBER Ach! Ist das Ihr Geld?

KOPITZKE Kommts darauf an?

DER JUNGE DEUTSCHE Hörst du, Schütz. Du mußt nichts sagen.

DER ABSTAUBER Ja, und das Geld?

DER JUNGE DEUTSCHE Nimm es.

DER ABSTAUBER Einfach so?

DER JUNGE DEUTSCHE Bitte. *Er wedelt mit den Geldscheinen herum.*

DER ABSTAUBER Du, ich nehm das. *Er tritt zu dem Jungen Deutschen und faßt vergeblich nach dem Geld.*

KOPITZKE *zieht dem Jungen Deutschen das Geld aus der Hand und reicht es Schütz* Stecken Sies weg. *Der Abstauber steht, unsicher zwischen dem Jungen Deutschen und Kopitzke hin und her schauend, mit dem Geld da.*

DER JUNGE DEUTSCHE Sind Sie sicher, daß Sie keine Magenschmerzen haben? Jon?

KOPITZKE *lächelt herausfordernd* Ganz sicher. Und sprechen Sie meinen Namen nicht so vertrauensselig aus. *Pause.*

DER ABSTAUBER Gut. Dann steck ichs mal einfach weg. *Er schluckt. Zum Jungen Deutschen.* Du, ich steck das wirklich weg.

DER JUNGE DEUTSCHE Mein Gott, Schütz, ja. Mach nicht son Zirkus.

DER ABSTAUBER *steckt das Geld ein* Verachtest du mich jetzt?

DER JUNGE DEUTSCHE *zu Kopitzke* Nun sind Sie dran. Spielen Sie den Tusch darauf.

KOPITZKE *nah vor des Jungen Deutschen Gesicht, langsam* Ich kann keinen Tusch spielen. Großmaul. *Pause.*

DER ABSTAUBER Kennt ihr euch?

DER JUNGE DEUTSCHE *setzt sich an den Tresen* Ich würde gerne langsam mal was trinken.

DER ABSTAUBER *folgt dem jungen Deutschen wie ein Hund* Ich aber auch.

DER JUNGE DEUTSCHE Ja, was? An Zaster fehlt es ja nicht.

DER ABSTAUBER Du hast gesagt, ich darf es einstecken.
DER JUNGE DEUTSCHE Und hast dus vielleicht nicht eingesteckt?
DER ABSTAUBER Also, ich fühl mich... fühle mich... gottserbärmlich. *Er schluckt.* Kreuzdonnerwetter! Wie ne Qualle fühl ich mich.
DER JUNGE DEUTSCHE Ich denk, wien rosa Flittchen?

Der Stumme Gast hat aus seinem Leinenbeutel eine Dose Nivea-Creme gezogen und schmiert sich nun — vollkommen selbstvergessen — das Gesicht mit einer zentimeterdicken Cremeschicht ein.

DER ABSTAUBER Nun mach aber einen Punkt. Die Sechstausend tun dir nicht weh. Na, doch dir nicht. Mit deinen... — *er schluckt* — wievielen Millionen?
DER JUNGE DEUTSCHE Fünfzehn. Runde fünfzehn...
DER ABSTAUBER Wahnsinn! Der nackte Wahnsinn!
DER JUNGE DEUTSCHE Schütz! ich bin traurig. Der Fasching fällt wohl heute aus? Keine Cocktails? Keine Zauberhüte?
DER ABSTAUBER Fünf-zehn. Millionen!
DER JUNGE DEUTSCHE Und wir wollten nicht aufhören, betrunken zu sein. Dieser Jon! — wo war der bloß die ganze Zeit? Der Kerl hat mir die Laune verdorben. Dem ist die Kur nicht bekommen...
DER ABSTAUBER Das muß man sich nur mal auf der Zunge zergehen lassen. Dies Sümmchen... *Er schluckt.*
DER JUNGE DEUTSCHE Vor mehr als zwei Stunden habe ich meinen letzten Schluck getrunken. Es ist grausam...

Der Barmixer taucht hinter dem Tresen auf. Er sieht in makabrer Weise jung aus. Auf dem Kopf trägt er ein spitzighohes silbriges Zauberhütchen, von denen er noch etliche mehr an ihren Gummischnüren in einer Faust hält. Im gleichen Augenblick geht die Bartür, und die Flamme tritt auf. Mit leichtem Schritt geht sie zum Tresen und stellt sich, von keinem beachtet, ans äußerste Ende. Sie sieht sich lebhaft, doch kühl in der Bar um, zieht dann eine Zigarette heraus, zündet sie flüchtig an und bläst den Rauch etwas zu galant in die Luft. Kopitzke tritt an den Tresen, starrt den Barmixer an. Ein bunter Kranz alter Lampions schlingt sich um dessen Schultern. Währenddessen, aber ungestört davon, spinnt sich Schütz' empörtes Erstaunen über den Reichtum des Jungen Deutschen fort.

BARMIXER Fasching, Jon. Fasching!
KOPITZKE Paul!
BARMIXER Ja, Jon. *Stille.*
DER JUNGE DEUTSCHE Ha!
BARMIXER He. Ich heiß nicht He!
DER JUNGE DEUTSCHE *ruft* Sie hätten Gast werden sollen...
DER ABSTAUBER Fünfzehn Millionen! Bei Licht betrachtet ist das ein... – *er schluckt* – ein Verbrechen. Solche Geldgebirge anzuhäufen. Und ist erst zweiunddreißig Jahre...
DER JUNGE DEUTSCHE Schütz, Fasching! Der Fasching ist da.

Der Barmixer schlägt die Luke zu.

DER ABSTAUBER Ich möchte nicht wissen, mit welch dreckigen Geschäften du diesen Wahnsinnsbatzen aufgetürmt hast. *Er schluckt.* Das möchte ich nicht wissen.
KOPITZKE Paul. Und dein Sohn?
BARMIXER Häng die Lampions auf, Jon. *Er gibt Kopitzke*

die Lampions. Auf der Bühne, da häng sie über dein Kästchen. Mein Sohn spielt aufm Hof mit dem Pony.

KOPITZKE Paul! Verstehst du noch deutsch? Ich komme aus Amerika! Und dein Sohn... spielt nicht auf dem Hof mit dem Pony.

BARMIXER Halt mir den Mund, Jon, von Amerika. Ich kann das Wort nicht mehr hören. Wenn dein Boot geht, Jon, dann geht es eben. Noch bist du hier. Quäle mich nicht mit deinen sinnlosen Träumereien. S ist Fasching!

KOPITZKE *bitter ernst* Ja, natürlich, Jon. Natürlich... ist Fasching. Im August...

BARMIXER Ja, ja, Jon. August, Auguste. Wenn man blau ist wie du...

KOPITZKE Verzeih, Paul, ich...

BARMIXER Laß das Grinsen, Jon.

KOPITZKE Gut, Paul, seis drum. Feiern wir Fasching. Ich seh heute bloß alles fürchterlich falsch.

BARMIXER Ja, Saufbruder, furchtbar. Wo du nur diese Flausen her hast?! Willst du mit den Lampions hier festwachsen?

KOPITZKE Ja, Paul. Siehst du. Schlimm ist es mit mir. Na, dann werd ich mal mein Kästchen schmücken... *Er geht zur Hammondorgel.*

III

Karneval

Jon Kopitzke hängt umständlich den Kranz Lampions über der Hammondorgel auf.

BARMIXER *beugt sich nah zum Stummen Gast* Das ist was mit dem. Geht aufs Häuschen, er, mein Jon, schlägt das Wasser ab, kommt zurück über die Stiege gestolpert und plärrt: es war nicht der Abort. Es war Amerika!

DER ABSTAUBER *kann sich über des Jungen Deutschen Reichtum nicht mehr beruhigen* Eins, zwei, drei, vier — fünf... fünfzehn Millionen. *Er schluckt.* Nein, das müssen sehr schmutzige Geschäfte gewesen sein. Anders kommt man wohl kaum zu solchen Unsummen.

BARMIXER Fasching! Ich schreibs auf den Fasching. *Er stellt vor dem Stummen Gast ein Hütchen auf den Tresen.* Jon, deine blöden Ideen... *Er kommt mit seinen Hütchen zu Schütz und dem Jungen Deutschen.*

DER JUNGE DEUTSCHE Eine Goldhand, Sir. Wenns erlaubt ist zu bestellen.

DER ABSTAUBER Für mich darfs gerne ein Batita di... *Er schluckt.* Coco... Batita di Coco sein.

DER JUNGE DEUTSCHE Schütz, kein Schwepps?

DER ABSTAUBER Nein.

DER JUNGE DEUTSCHE Vorhin wolltest du noch Schwepps.

DER ABSTAUBER Ich will kein Schweppes!

BARMIXER Erstmal setzen wir uns alle schön ein Hütchen auf. Und zwar ein Zaubererhütchen. Denn wir sind Zauberer. *Er stellt jedem ein Hütchen hin, geht dann zur Flamme, stellt ihr ebenfalls eines hin und sieht sie lange an.* Und haben noch... — *er lächelt* — »drei Münzen im Brunnen«... *Pause.*

DER JUNGE DEUTSCHE *während er sich das Hütchen aufsetzt* Flieg, Fliege.

DER ABSTAUBER Du fliegst gleich... *Er schluckt.* Ich hasse diesen Schluckauf.

BARMIXER *leise zur Flamme* Na, na... darf man Sie nicht ansehen? »Drei Münzen im Brunnen...« Warum klopfen Sie nicht mit den Absätzen den Takt? *Er sieht die Flamme unverschämt lange an. Ohne eine Miene zu verziehen, fängt die Flamme nach einer Weile an, mit ihren Absätzen zart den Rhythmus von »Drei Münzen im Brunnen« zu klopfen. Der Barmixer löst sich von der Flamme, ruft.* Jon! Drei Münzen im Brunnen!

KOPITZKE Ich bin dran, wie?

BARMIXER *geht böse zum Stummen Gast, dabei* Jon, was fragst du. Du sollst spielen. *Zum Stummen Gast.* Sitzen Sie anständig! *Er nimmt eine Flasche aus dem Regal und füllt ein Glas mit Batita. Kopitzke hat endlich die Lampions aufgehängt, will sich nun an die Hammondorgel setzen, rutscht aber plötzlich aus und fällt.* Aber, Jon — blau bist du nicht?! *Er lacht ungehalten.* Amerika! Ich hasse Amerika!

FLAMME *klopft nicht mehr mit den Absätzen und kichert leise vor sich hin* Das darf doch alles nicht wahr sein. *Kopitzke liegt da und rührt sich nicht.*

DER ABSTAUBER Wirklich!

DER JUNGE DEUTSCHE *auf Kopitzke* Da liegt einer.

DER ABSTAUBER Ich bin nicht neidisch auf dein Geld. Weiß Gott nicht! Ich möchte mit deinem Leben nicht tauschen. Bloß mache mich nicht zu deinem Dackel... *Er schluckt.* Dackel! vor dem du protzt wie son... wie son... *Er schluckt.* Ja. Das wollte ich mal loswerden. Entschuldige.

DER JUNGE DEUTSCHE Bitte. *Über die Schulter.* Unser Jon ist abgestürzt.

DER ABSTAUBER Wir sind eben zwei ungleiche Brüder. Ich persönlich! – verabscheue den Mammon. Ja, lächle du ruhig. Es ist trotzdem wahr.

DER JUNGE DEUTSCHE Schütz, ich lächle nicht.

DER ABSTAUBER Und ich werde auch nicht abstürzen. Mit meinem Buch nicht und überhaupt... *Er schluckt.*

KOPITZKE *steht mühsam auf, zu sich* Nun reiß dich mal zusammen, alter Junge. Die ewige Jugend... die ewige Jugend ist nicht so billig... zu kriegen.

DER JUNGE DEUTSCHE Jon, brauchen Sien Arzt?

KOPITZKE *setzt sich an die Hammondorgel* Ja, ja, Großmaul. *Spöttisch.* Ich habe mich... mich wohl nicht nur im Tag vertan. Wie?

DER JUNGE DEUTSCHE Nehmen Sies, wies kommt, Jon. Das ist mein Grundsatz.

BARMIXER *serviert Schütz einen Batita di Coco* Bitte, bitte. Ein Batita.

KOPITZKE Wie kommen Sie eigentlich dazu, meinen Namen so vertrauensselig... dauernd so in Ihrem Mund zu führen? Sie kennen mich doch gar nicht.

BARMIXER *zum Jungen Deutschen* Und Ihre feine Goldhand soll nun auch nicht länger warten müssen.

DER JUNGE DEUTSCHE Meinen Sie? *Der Barmixer und Kopitzke fühlen sich gleichermaßen angesprochen.*

BARMIXER *schreit nahezu* Nicht schubsen!

KOPITZKE *ebenfalls laut* Verdammt noch mal! Sie kennen mich nicht!

BARMIXER Jon, schwärz du mich nicht bei den Gästen an. Ich laß mich nicht, laß ich mich nicht, bei der Arbeit herumschubsen. Eins nachm anderen. Der Herr kriegt seine Goldhand. Aber nicht im Galopp. *Er mixt die Goldhand.*

FLAMME *noch kichriger* Das darf doch alles nicht wahr sein.

DER ABSTAUBER *trinkt* Du, was? Haben wir uns auch mal hart die Meinung gesagt. *Er trinkt.*

DER JUNGE DEUTSCHE Ja, Schütz. Beinhart. *Zu Kopitzke.* Warum spielen Sie nicht? *Kopitzke starrt die Gesellschaft am Tresen an.* Jon!

KOPITZKE *fahrig* Entschuldigung. Ich habe das nicht so gemeint...

DER JUNGE DEUTSCHE Verderben Sie mir nicht die Laune, Jon!

BARMIXER *schüttelt heftig den Mixbecher und baut sich wieder böse vor dem Stummen Gast auf* Sie! Es donnert gleich.

KOPITZKE *bewegt seine Finger in der Luft, als drückte er Tasten* Pling, pling, pling... Naja, Großmaul. Du bestehst also darauf... Plingpling... *Pause.*

DER JUNGE DEUTSCHE *zum Barmixer* Weshalb spielt er nicht?

BARMIXER Künstlerallüren. *Ruft.* Jon! Kriegen meine Gäste die »Drei Münzen« heute noch zu hören?

KOPITZKE *kommt hinter der Hammondorgel hoch* Paul, ich... ich weiß nicht mehr, wie die gingen...

BARMIXER Saufbruder! *Singt vor.* »Drei Münzen im Brunnen...« Und so weiter. Ich kann nicht singen. Muß ich dir erst vorsingen?!

KOPITZKE Ach ja. Ja, ja... *Er schlägt im Stehen wie ein armer Trottel irgendwelche Töne an. Die Flamme löst sich vom Tresen und geht zur Musikbox, wo sie ein Geldstück einwirft und einen Schlager wählt.*

BARMIXER *stellt plötzlich hart den Mixbecher ab und faucht den Stummen Gast an* Was machen Sie mit dem Hütchen?! Das ist zum Aufsetzen da. Setzen Sie das Zaubererhütchen auf. *Er schüttelt wieder den Mixbecher.* Ich mag hier heute keine... ungeputzten Häupter sehen. Hütchen auf! *Der Stumme Gast, dessen Gesicht längst unter einer dicken, weißen Cremeschicht verschwunden ist, setzt sich das Hütchen auf.*

DER JUNGE DEUTSCHE Schütz! Ist sies?

DER ABSTAUBER *trinkt* Wer?

DER JUNGE DEUTSCHE Die Flamme. Deine Flamme!

DER ABSTAUBER Wer denn?

DER JUNGE DEUTSCHE Die Dame dort... vor der Musikbox. *Aus der Musikbox ertönt jetzt der Schlager »Arrivederci, Roma«. Die Flamme dreht sich lächelnd zur Musik. Der Barmixer serviert dem Jungen Deutschen eine Goldhand. Schütz starrt ungläubig die Flamme an.*

BARMIXER Bitte, bitte. Eine Goldhand. Wohlsein.

DER ABSTAUBER Tatsächlich.

DER JUNGE DEUTSCHE Schütz, sie guckt dich aber sehr silbrig an, Schütz. *Er trinkt.*

BARMIXER *zum Jungen Deutschen* Gut?

DER JUNGE DEUTSCHE Prima.

BARMIXER Woi, woi, woi... meine Goldhand. Die verlächelt die Welt.

DER JUNGE DEUTSCHE Schütz, sie macht ein Gesicht, als wollte sie sagen: »Psst, Lieber, nicht sprechen. Ich verlange nach Liebe.«

DER ABSTAUBER *schluckt* Und ich hab Schluckauf...

DER JUNGE DEUTSCHE Hm. Ganz still... nichts als Liebe.

DER ABSTAUBER Bitte! Mach mir nun bloß nicht alles kaputt... *Er rutscht von dem Barhocker und eilt regelrecht zur Flamme.*

DER JUNGE DEUTSCHE *ruft hinter Schütz her* Denk dran, Schütz, mich mit ihr bekannt zu machen.

FLAMME *dreht sich noch immer leicht zu der Musik* Bitteschön. Da bin ich wieder.

DER ABSTAUBER Sind Sie... *Er schluckt.*

FLAMME O.

DER ABSTAUBER Etwa schon lange hier?

FLAMME O, eine lange Minute... ich habe geklopft, geklopft. Mit den Absätzen geklopft... »Drei Münzen im Brunnen...«

DER ABSTAUBER Wie konnte ich Sie nur nicht bemerken?

BARMIXER *hat ein Tuch zur Hand genommen und wischt vor dem Jungen Deutschen den Tresen* Ränder! Ränder! Überall Ränder!

DER JUNGE DEUTSCHE *zum Barmixer* Als gestern die Bar schloß, sagte Ihr Sohn zu mir...

BARMIXER Mein Sohn?

DER JUNGE DEUTSCHE Herrgott, ja. Der sagte zu mir...

BARMIXER War der so früh schon aufm Hof?

DER JUNGE DEUTSCHE *winkt ab* Lassen Sies. Egal. Jedenfalls sagte der Mensch zu mir, Sie hielten mich und den Herren da mit der Dame, für... – *er lacht* – für Adenauer und Ulbricht. *Er lacht.* Wirklich. Ich habe gelacht, bis ich nach Hause kam.

BARMIXER Sie sind ein Fuchs. Aber... woi, woi, woi. Ich schweige.

DER ABSTAUBER Verzeihen Sie mir?

FLAMME Recht hat die Halluzination und ihr Bruder, der bezechte Träumer.

DER ABSTAUBER *verlegen, blöd* Ja, das ist lustig. Darf ich?

FLAMME Lustig?

DER ABSTAUBER Bitte.

FLAMME Tanzen? *Der Abstauber legt die Arme um die Flamme, und nun tanzen sie zur Musik.*

DER JUNGE DEUTSCHE *trinkt, prustet* Ich mach doch nicht auf Adenauer oder Ulbricht. Auch im Fasching nicht...

BARMIXER Nein, freilich nicht.

DER JUNGE DEUTSCHE Ich bin doch der Junge mit dem Klumpfuß. Mit dem Goebbels. *Über die Schultern.* Was, Schütz? Und den vielen Millionen.

BARMIXER Die Großen, das weiß man, die wollen auch mal heimlich...

DER JUNGE DEUTSCHE Sir, noch ne Goldhand. *Er trinkt aus.* Wenns erlaubt ist.

BARMIXER Haben Sie die etwa schon aus? *Er nimmt den leeren Cocktailbecher, versorgt ihn und mixt eine neue Goldhand.* Woi, woi, woi...

FLAMME Sie sehen gut aus. Geht es Ihnen gut? Ist Ihr Buch fertig? Sie sehen wirklich sehr gut... schön! ja, richtig schön sehen Sie aus.

DER ABSTAUBER Du kriegst sie nicht, die schöne blonde Frau. Du siehst sie nie wieder. Ehrenwort, das hab ich zu mir gesagt. Und jetzt habe ich sie. Endlich. *Er schluckt.*

Kopitzke kommt nun, nachdem er erst noch eine Weile die Hammondorgel, ohne Rücksicht auf die Musikbox, bearbeitet hatte und dann den Kopf müde auf seinen Arm legte und zu dösen schien, zum Tresen herüber.

BARMIXER Jon. Gehst du spazieren, Jon?

KOPITZKE Mach mir einen Whisky. Son kleinen, von mir aus. Aber bitte einen Whisky!

BARMIXER Und, Jon, sonst ist alles klar? Ich meine nur. Noch wirst du von mir fürs Spielen bezahlt.

KOPITZKE Glaubst du.

BARMIXER In Markstücken. Jawohl.

KOPITZKE Wie soll ich spielen bei dem Lärm.

BARMIXER Ja, Jon... wenn du mir auch ewig und drei Tage mit Fortgehen drohst...

KOPITZKE Du, ich glaube, ich habs mir anders überlegt.

BARMIXER Eine Bar ohne Musik — ist keine Bar.

DER JUNGE DEUTSCHE Auch wenn Sie mich nicht mögen... ich lade Sie ein zu dem Whisky. Sir, einen Whisky für Jonny.

KOPITZKE Danke, Großmaul.

BARMIXER *zischt Kopitzke an* Bist du verrückt?!

KOPITZKE Du, nicht ich. Und mach mir den Whisky. Ich bin eingeladen.

BARMIXER Wie kannst du zu dem Herrn Großmaul sagen?!

DER JUNGE DEUTSCHE Was ist dabei. Ich mag ihn, den Jon. Trotz allem.

FLAMME *wie hingegossen in Schütz' Armen* In Rom war es wundervoll. Was heißt: wundervoll... ich zog einfach mit meiner Freundin durch diese herrliche Stadt, und wir tranken viel Wein und viel Grappa, und wir mochten nicht schlafen. Wir legten uns die Karten, und die sagten, wir sollten reisen. So reisten wir weiter nach Capri.

BARMIXER *serviert Whisky und die Goldhand* Bitte, bitte, Jon, dein Whisky. Ihre Goldhand. Wohlsein. *Er wischt den Tresen.*

DER JUNGE DEUTSCHE Worauf trinken wir?

KOPITZKE Auf die vertanen Tage. Auf die verlorenen Jahre...

DER JUNGE DEUTSCHE Da wüßt ich noch was anderes... mit mehr Würze. *Er macht Gesten gegen die Flamme.* Also, Jon? Auf die Flamme?

KOPITZKE Ist sies? *Pause.* Paul!

BARMIXER Ja, Jon, sei nicht eifersüchtig. Trink.

KOPITZKE Trinken. *Er stürzt den Whisky hinunter. Der Junge Deutsche trinkt, muß lachen, setzt den Cocktail ab und lacht.*

FLAMME Hier in Deutschland ist es sehr grau, sehr grau, sehr grauselig... muß man schon sagen. Ich meine, so wenig Schönes ist da, woran sich die Lebenslust gern entzündet. Verstehen Sie das? Waren Sie schon mal in Rom? Auf Capri? Lieben Sie mich noch? Wie gehts mit Ihrer Frau? Sind Sie denn endlich geschieden? Ein schreckliches Wort. Wann haben wir uns zum letzten Mal gesehen?

DER ABSTAUBER Im Winter...

FLAMME Im Winter, natürlich. Eh ich nach Rom reiste. Wir tanzten und sprachen über dies und das. Wir hatten schrecklich viele Cocktails getrunken...

KOPITZKE Paul, kann ich maln Moment deinen Jungen sprechen?

BARMIXER Der schläft längst. Der hatn ganzen Tag aufm Hof mit dem Pony gespielt. Was willst du von ihm? *Der Junge Deutsche muß immer ärger lachen und prusten.*

KOPITZKE Aber vielleicht kannst dus mir auch sagen, der Wievielte heute ist.

BARMIXER *über den Jungen Deutschen* Wenn der erst mal lacht...

KOPITZKE Ja? Großmaul, hör auf mit dem Lachen!

BARMIXER Mußt dus genau wissen? Jon, wann geht dein Boot?

KOPITZKE Nein, nein, Paul. Das meine ich nicht. Ich hab es mir anders überlegt. Ich bleibe!...

BARMIXER So?

KOPITZKE Paul, glaubs mir, ich bleibe jetzt immer hier... Hier, bei dir. Amerika war wirklich eine blöde Idee von mir... und ich will auch mitmachen in deiner... deiner... wie sagt man? Reiß mir nicht gleich den Kopf ab... in deiner Komödie. Nur sag mir, wie?

BARMIXER Wie wie? Und in welcher Komödie?

KOPITZKE Großmaul, hilf mir aus der Patsche. An welchem Tag habt ihr die Uhr angehalten?

BARMIXER Saufbruder! Es reicht!

KOPITZKE Mein Leben hat keinen Sinn gehabt, Paul, ich streiche es aus... Ohio, Philadelphia... gab es nicht, all die dreißig Jahre hat es nie gegeben, nein!

BARMIXER Entweder du gehst, dann klappere mit der Tür. Und ab nach Ohio. Oder — marsch, marsch! hinter dein Kästchen und den »Mäcki«, die »Rote Laterne«, »Drei Münzen im Brunnen« und was du so draufhast gespielt. Jon, dann verspreche ich dir auch, daß morgen die Musikbox wieder hinausfliegt.

KOPITZKE O.k. Paul. *Er schwenkt sein leeres Glas in der Luft.*

BARMIXER Kein Wort mehr von Amerika?!

KOPITZKE Keines.

BARMIXER Wehe.

KOPITZKE Kann ich nochn Kleinen haben?

BARMIXER *nimmt das Glas* Aber dann ist Schluß.

DER ABSTAUBER Es schneite... *Er schluckt.*

FLAMME Ja, es schneite, als wir gingen. Und Sie gestanden mir, daß Sie mich wahnsinnig lieben. Aber als ich dann nicht mit Ihnen nach Hause kommen wollte, da wurden Sie so still und so traurig. Das fand ich sehr süß. Sie sagten, es täte Ihnen weh, wenn ich nicht mit Ihnen ginge, und ich sagte darauf: das tut mir aber leid. Und ich habe gelacht. Stimmts? Doch dann sagten Sie, Sie wären ja gerade in den Schmerz, den solche Trennung wachruft, und gar nicht in mich verliebt. In den Schmerz. Das stimmt aber nicht, wie? Ich dachte in Rom und auf Capri immerzu an Sie. Ich finde, Sie sehen so schön aus. Ihre roten Augenränder... kommen die vom Trinken? Oder vom vielen Denken? Küssen Sie mich mal. Da. Auf die Backe. *Der Abstauber beugt sich nah zur Flamme um sie zu küssen, schluckt.* Wie blaß Sie sind..., o, haben Sie Schluckauf?

BARMIXER *serviert Kopitzke den Whisky* Bitte, bitte, Jon.

KOPITZKE Danke.

FLAMME Das finde ich süß.

DER JUNGE DEUTSCHE Mein Vater, Jon, war, wie gesagt, ein Auto. Auto Goliath.

KOPITZKE *hebt das Glas* Großmaul, zahlst du den auch?

DER JUNGE DEUTSCHE Den zahl ich auch. Ich zahle alles!

KOPITZKE *zum Barmixer* Hörst du?

BARMIXER Jon, bettel die Gäste nicht an.

DER JUNGE DEUTSCHE Egal!

KOPITZKE *trinkt* Ich hab mal... drüben... für zwölf Dollar die Woche einem alten, kranken Mann den Haushalt versorgt... nein, Paul, versteh mich nicht falsch. Das will eben jetzt alles vergessen sein...

BARMIXER *wischt den Tresen* Ränder! Ränder! Überall Ränder!

DER ABSTAUBER Mein Gesicht brennt...

FLAMME O. Keine Geständnisse, bitte.

DER ABSTAUBER Aber es ist die Wahrheit.

DER JUNGE DEUTSCHE Meine Mutter, Kopitzke, da staunst du, meine Mutter ist die Goldhand. Die liebe ich innig. *Zum Barmixer.* Und in diesem Sinne, Sir: eine Mutti.

BARMIXER Aber nach Hause trage ich Sie nicht. *Er mixt.*

KOPITZKE *zum Jungen Deutschen* Verdammt! Worüber hast du vorhin gelacht? Als ich nach dem Datum fragte.

FLAMME Genug getanzt. Ich brauche ein Gläschen zur Stärkung.

DER JUNGE DEUTSCHE Duzen Sie mich? Duzen Sie mich nicht! Warum spielen Sie nicht endlich? Ich will n paar saftige Schlager hören. Jon!

KOPITZKE *traurig und ohne Kraft zu widersprechen* Ja, ja, Großmaul... *Er trinkt seinen Whisky aus.* Sehe ich schon n bißchen jünger aus? Man wird doch son Scheißleben vergessen... ausm Gesicht wischen können...

DER ABSTAUBER Sie sagten, ich sähe blaß aus. *Er schluckt.*

FLAMME Kommen Sie endlich. Sie sehen viel besser als das letzte Mal aus. *Kopitzke rutscht von dem Barhocker, steht da und starrt die Flamme an.*

DER ABSTAUBER *stellt sich an den Tresen* Es ist zum verrückt werden.

DER JUNGE DEUTSCHE Schütz! Was macht die liebe Liebe?

DER ABSTAUBER Da wartet man — nächtelang. Und dann hat man Schluckauf. Zu dumm.

KOPITZKE Hedy?

FLAMME Na, sag mal. Pfui. Wie starren Sie mich denn an?

KOPITZKE Bist du nicht Hedy?

FLAMME O, nenn mich ruhig Hedy.

KOPITZKE *beinahe verlegen, macht eine Geste zur Hammondorgel* Mein Dienst fängt an.

FLAMME Dein Dienst? Verstehst du keinen Spaß mehr?

KOPITZKE Ich muß es dir zugeben, ja, mich ein wenig schwer zu tun mit euren... deinen Späßen. Aber laß mal, laß. Ich werde mich schon zurechtfinden in diesem Geflecht. Ich habe mich eben im Tag vertan, wie?

FLAMME O Jon, mein lieber Jon. Ich hab es dir schon verziehen. *Pause.* Ach, du bist ja nur eifersüchtig, du Grünschnabel, weil ich getanzt habe. *Sie läßt ihn einfach stehen und rauscht regelrecht an den Tresen zu Schütz.*

BARMIXER *serviert dem Jungen Deutschen den Cocktail* Bitte, bitte, eine Goldhand.

KOPITZKE *zu sich* Richtig, ich bin eifersüchtig. Also dann seis auch, alter Junge. Sei eifersüchtig. Ich kann nicht mehr eifersüchtig sein...

BARMIXER Jon, was ist? Spiel uns endlich die »Drei Münzen«.

KOPITZKE *setzt sich an die Hammondorgel* Kann ich auch nicht mehr. *Er starrt die Tasten an.*

FLAMME O, ich will auch son Zauberhütchen. *Zu Schütz.* Und Sie?

DER ABSTAUBER Ich?

FLAMME Träumen Sie? Sie sollen sich ein Zauberhütchen aufsetzen.

DER ABSTAUBER Ich soll mir son Trallalahütchen aufsetzen?

FLAMME Freilich. Heute ist Fasching.

DER ABSTAUBER Na gut. Warum nicht. Ich habe so viele Nächte auf Sie gewartet... *Er schluckt.* Immer hier am Tresen gesessen. Nacht für Nacht. Getrunken und gewartet.

FLAMME Das ist süß. Ist das süß. Das finde ich so süß. Wirklich: süß. Laden Sie mich zum Cocktail ein? Herr Barmixer. Ich wünsche mir einen Höhenflug.

DER ABSTAUBER *setzt sich das Hütchen auf* Für mich darf es gerne noch ein Batita di... – *er schluckt* – Coco... Batita di Coco sein.

BARMIXER Bitte, bitte. Nur nicht im Galopp! *Er reicht der Flamme ein Hütchen.* Wollten Sie nicht so eins haben?

FLAMME O ja, Herr Barmixer. *Sie setzt sich das Hütchen auf.*

KOPITZKE *der wieder seine Finger knetet* Spiel schon, spiele. Machn freundliches Gesicht. Oder willst du dich ab... zu diesem Kupferharry schicken lassen? Also!

DER ABSTAUBER Übrigens –

FLAMME Ja?

DER ABSTAUBER Ich habe mich tatsächlich, weil Sie doch vorhin danach fragten, scheiden lassen.

FLAMME O.

KOPITZKE Wir packen alles in n Koffer, alter Junge, Ohio, alles! und dann fort in den Keller damit... *Er muß lachen.* Ja, ja... in den tiefen Keller. Also spiele. Frag nicht was, frag nicht wie. Spiele! *Er beginnt ein fürchterliches Gemisch von den verschiedensten Schlagern zu spielen.*

DER JUNGE DEUTSCHE *zur Flamme* Entschuldigen Sie. Darf ich Ihnen etwas sagen? Sie sind zu hübsch. Nein, wirklich. Sie sind einfach zu hübsch. Und die vielen Sommersprossen... wo haben Sie die bloß her? Sie haben wirklich nur einen Fehler: Sie sind zu hübsch.

FLAMME Wie kann es das geben? Zu hübsch ist man nie.

DER JUNGE DEUTSCHE Sie sind einfach zu hübsch.

FLAMME Ich gehe nur nachts aus.

DER JUNGE DEUTSCHE Nur in der Nacht? In der schwarzen Nacht? *Er trinkt.* Ach ja. Eine Flamme brennt nachts am hellsten...

FLAMME Wie bitte?

DER JUNGE DEUTSCHE Sind Sie nicht seine Flamme? Schütz! Ja oder nein?

DER ABSTAUBER *zur Flamme* Möchten Sie hier am Tresen... oder lieber da in der Nische mit mir... *Er schluckt.*

DER JUNGE DEUTSCHE Schütz!

DER ABSTAUBER *zum Jungen Deutschen* Beherrsche dich!

DER JUNGE DEUTSCHE Willst du etwa deine Flamme vor mir verstecken? Schütz. Das wäre nicht sehr nett von dir.

FLAMME Wer ist dieser Mensch?

DER JUNGE DEUTSCHE Erlauben Sie. Ich bin der Engel mit dem Goebbels...

DER ABSTAUBER Ein alter Freund von mir. Bist du betrunken?

DER JUNGE DEUTSCHE Ich betreue, wenn Sie das bitte nicht falsch verstehen, diesen Mannes Fliegenmuskeln. Und ich würde gerne mal mit Ihnen fi... fi... Figürchen in den weißen Sand am Ozean malen. Sie sind einfach zu hübsch.

FLAMME *zu Schütz* O, was haben Sie mit meinem Arm vor?

DER ABSTAUBER Nichts. Gar nichts. Möchten Sie nicht lieber doch in der Nische...

FLAMME Nein. Ich hasse Nischen.

BARMIXER *serviert Schütz Batita und der Flamme Höhenflug* Bitte, bitte, einen Höhenflug... die alte Sünde. Ein Batita, bitte. Wohlsein. *Er nimmt wieder einen Lappen, will putzen, hält inne und hört auf Kopitzkes wahnwitziges Geklimpere.* Moment mal. Was gibt denn das?

FLAMME *zum Barmixer* O, sagen Sie nichts. Es hat keinen Sinn. Wenn ihn die Eifersucht reitet, spielt er wie ein Verrückter.

DER JUNGE DEUTSCHE Bravo, Jon! Ein Ohrenschmaus!

BARMIXER Jon!

KOPITZKE Ja, Paul, ich weiß. Verzeih, ich hab meinen Notenzettel verbummelt. Das geht nun alles etwas durcheinander. Aber wart mal... ich krieg das auch wieder geordneter hin. *Er spielt wahnwitzige Abfolgen.*

BARMIXER Boykott! *Nah beim Stummen Gast.* Der pure Boykott!

FLAMME *zu Schütz* Sie schwitzen? *Sie sieht provozierend den Jungen Deutschen an.* Erzählen Sie mir von Ihrem Freund.

DER JUNGE DEUTSCHE *der lange, tiefe Blicke mit der Flamme tauscht* Fi... gürchen, hm. Haben Sie schon mal?... Ich meine, solche Figürchen in den weißen Sand gemalt? Schütz! erzähl bitte. Mach mich der Dame bekannt!

DER ABSTAUBER Ich... *Er schluckt.*

FLAMME O.

DER ABSTAUBER Naja, was soll ich erzählen... ich drückte mit ihm zusammen die ersten vier Jahre die Schulbank. Er lernte schlecht und trieb sich herum. Bis er eines Tages anfing, mit Nichts sauere Grundstücke aufzukaufen, um sie, als die Zeiten immer goldener wurden, mit einem Riesengewinn wieder zu verkaufen. Dann gründete er einen Industriepark, vermietete Baumaschinen, kaufte Fleischfabriken in Frankreich und Autokinos in Amerika auf... ja. Hören Sie mir noch zu?

FLAMME O, sehr gut. Nur weiter.

DER ABSTAUBER Naja... heute besitzt er fünfzehn... sage und schreibe fünfzehn Mill... – *er schluckt* – Millionen.

DER JUNGE DEUTSCHE Er haßt mich regelrecht deswegen, Ihr Schwarm.

DER ABSTAUBER Das ist nicht wahr! Und bitte, nenn mich nicht Schwarm.

DER JUNGE DEUTSCHE *zur Flamme* Wie alt sind Sie?

FLAMME Sie sind ein Grobian.

DER JUNGE DEUTSCHE Ein schlimmer Bauer. Aber das junge Fleisch, hm, das lieb ich mir am meisten.

FLAMME Sie haben Geld.

DER JUNGE DEUTSCHE Ich habe Geld wie Indien Kinder.

DER ABSTAUBER Das ist nun seit Tagen sein Lieblingsspruch.

FLAMME Kaufen Sie sich junges Fleisch.

DER JUNGE DEUTSCHE Und Sie?

FLAMME Und ich?

DER JUNGE DEUTSCHE Wie kann man Sie kaufen? Mit Gold? Mit Lyrik?

FLAMME O. Sie sind ein Dummkopf. *Sie löst sich vom Tresen und geht zu Kopitzke hinüber.*

DER ABSTAUBER Bleiben Sie doch...

DER JUNGE DEUTSCHE Schütz! du bist jetzt nicht dran. Jetzt ist Jon dran.

DER ABSTAUBER Du... ekliger Protz! Du bist wirklich ekelhaft. Ausgesprochen ekelhaft... *Er schluckt.*

DER JUNGE DEUTSCHE Allen Frauen, Schütz, merk dir das, denen man ein Sträußchen liebe Liebe stehlen will, muß man erst tüchtig die Zunge rausstrecken.

DER ABSTAUBER Das muß man eben nicht.

DER JUNGE DEUTSCHE Schütz, lehr einen alten Fuchs nicht, wie man Hühner jagt. Wir werden ja sehen, wohin es führt.

BARMIXER *kommt mit dem Tuch und putzt den Tresen* Ränder! Ränder! Überall Ränder!

FLAMME *beugt sich zu Kopitzke hinab und küßt ihn flüchtig* O, Jon. Denk nichts Falsches. Blas sie weg, die dumme Eifersucht. Pfff... ganz weit weg. Sieh mich an.

KOPITZKE *hat aufgehört, wie wahnsinnig herumzuklimpern und sieht die Flamme an* Wollen wir eine Zigarette zusammen rauchen?

FLAMME *zieht eine Zigarette heraus, zündet sie an, nimmt einen kräftigen Zug und reicht sie dann Kopitzke* Rauchen.

KOPITZKE Sehe ich sehr jämmerlich aus, Hedy?

FLAMME Ach, Jon.

KOPITZKE Sehr abgewirtschaftet?

FLAMME Ich mag es, wie du rauchst.

KOPITZKE Und du? Erzähl mir.

FLAMME Ich bin glücklich und... zugleich ohne Mut. Das war ich im Glück nie, feige.

KOPITZKE Und warum bist dus?

FLAMME Ich kann es nicht erklären.

KOPITZKE Mir? Nur mir nicht?

FLAMME Ach, Jon.

KOPITZKE *auf den Barmixer* Was ist mit Paul? Mit dir? Lebst du mit ihm? *Schweigen.*

DER JUNGE DEUTSCHE Sir! Noch ne Goldhand.

SCHÜTZ Für mich noch n Batita... – *er schluckt* – Batita di Coco.

KOPITZKE Du sagst, du bist glücklich?

FLAMME O, und feige zugleich.

KOPITZKE Glücklich worüber?

FLAMME Hast du die Sinne verloren? *Schweigen.*

BARMIXER *ruft* Jon! Du bist hier nicht zu deinem Vergnügen.

KOPITZKE Ja, ja.

FLAMME *auf den Barmixer gemünzt* Es ist gleich vorüber, das kleine Gefühl... Alter Nickelkopf.

DER ABSTAUBER *zum Jungen Deutschen* Du. Spricht sie noch immer mit dem?

DER JUNGE DEUTSCHE Eine geile Person. Wirklich, Schütz, deine Flamme. Hast du mit ihr schon geschlafen?

DER ABSTAUBER Hör mal! Ich habe beinahe ein ganzes Jahr auf sie gewartet. Wegen ihr habe ich mich von meiner Frau scheiden lassen. Ich will nicht hoffen, daß du mir mit deinen derben Späßen... *Er schluckt.* ...mein Gott. Mach mir bitte nicht diesen Abend kaputt!

DER JUNGE DEUTSCHE Wegen ihr hast du dich scheiden lassen?

DER ABSTAUBER Na ja, nicht direkt wegen ihr.

DER JUNGE DEUTSCHE Schütz, das isn Knaller.

DER ABSTAUBER Laß mich in Ruhe.

BARMIXER Bitte, bitte. Ein Batita. Eine Goldhand.

DER JUNGE DEUTSCHE Schütz! Ich wette die Sechstausend darauf...

DER ABSTAUBER Schweig!

DER JUNGE DEUTSCHE Gut, Schütz. Schweigen wir ne Runde. Sir! Noch ne Goldhand. Und eventuell auchn bißchen Musik.

BARMIXER Boykott! Der pure Boykott ist das von dem!

KOPITZKE Sag, Hedy, — vielleicht meinst du das, — wäre es nicht weniger feige fortzugehen... von hier?

FLAMME Ach Jon. Immer willst du fort. Wohin? Wozu?

KOPITZKE Woanders hin. Wo nicht alles so tut, als hätte die Zeit grinsend auf der Stelle getreten, und darauf lauert, einen in die alten Kostüme und die abgelegten Gefühle zu stopfen.

FLAMME Ist die Vergangenheit wirklich, oder ist sie bloß Einbildung, Jon? Fern oder nah?

KOPITZKE Das eben frage ich dich.

FLAMME O, du stellst Fragen. Fühlst du es nicht? Siehst du es nicht? Weißt du nicht, was du sagst? Fortgehen willst du...

KOPITZKE Meine Eifersucht auf dich, auf deine Stimme, Hedy — die trieb mich damals fort.

FLAMME Ach? Nicht auch die Hoffnung auf ein vergnügtes, erfolgreiches Leben?

KOPITZKE Wie könnt ich das leugnen. Aber die Eifersucht, Hedy, die alte, die zage, — hat sich verloren. Vorhin, wie du da tanztest und dann die ersten Sätze mit mir sprachst — so schnippisch, und ganz wie damals — da wünschte ich mir, mich packte die Eifersucht noch einmal wie früher. Sie tats nicht, Hedy. Nein.

FLAMME Und nun, wo du leer bist und müde, willst du heimkommen mit nichts als deinen Enttäuschungen und deinem nahen Ende?

KOPITZKE Was soll ich sonst? Komödie spielen mit dir und mit Paul? Und die Kalender vertauschen?

FLAMME O, du verstehst nichts. Nichts von Geheimnissen. Spiel was Schönes, Jon, und laß mich singen. Mit meiner kratzigen Blechstimme... Ich zahl auch dafür. Wenn ich nur singen darf... *Sie singt.* »My old flame...« *Sie steckt ihm einen Geldschein an den Hut.* Nimm. Fürs Singen. *Sie singt.* »My old flame...«

KOPITZKE Verdammt, Hedy! Das ist vorbei. Vor-bei!

FLAMME O nein. Ich will, daß es ist, wie es war. *Sie singt.* »My old flame...« Jon. Versuchs einfach. Es geht so leicht. Du mußt nur... mußt nur die Türen fest zumachen. Ganz fest. *Sie singt.* »My old flame...« Ich singe so gern.

BARMIXER *stellt den Mixbecher hart auf den Tresen* So, Jon! Jetzt handle ich. *Er geht zur Musikbox.* Jetzt füttere ich die Musikbox mit Markstücken. Die macht Musik wie du.

FLAMME *tritt dem Barmixer in den Weg* Ich will singen.

BARMIXER *nah bei der Flamme, leise* Spiel mir nicht die Jungfrau vor, die keine Ahnung hat.

FLAMME *leicht und provozierend zum Barmixer* Sie sehen erstaunlich jung aus. Baden Sie in Fohlenblut?

BARMIXER Bricht wieder die alte Lust aus? Nur zu.

FLAMME O, nen Höhenflug, Herr Barmixer, mein Lieber, krieg ich bestimmt noch, wie? *Sie läßt den Barmixer stehen und geht zu Kopitzke.*

DER ABSTAUBER *sieht ihr hinterher* Sieht sie nicht großartig aus? *Der Barmixer tritt hinter den Tresen und mixt die Goldhand weiter.*

DER JUNGE DEUTSCHE *zu Schütz* Ruf sie her. Ich will ihr ein obszönes Wort ins Ohr flüstern.

DER ABSTAUBER Das wirst du nicht!

FLAMME *haucht Kopitzke einen Kuß hin* Spiel, Jon.

KOPITZKE *knetet wieder seine Finger* Meine Finger sind steifer geworden... irgendwie auch dicker...

FLAMME *singt* »My old flame...« *Kopitzke spielt sehr zaghaft die ersten Töne von »My old flame«.*

DER JUNGE DEUTSCHE Ruf sie her, Schütz. Und ich wette mit dir, ich brauche keine zehn Minuten, um ihr... – *er flüstert* – ihr Höschen abzuhandeln.

DER ABSTAUBER Du Ratte! Du miese Ratte!

DER JUNGE DEUTSCHE Sag, Schütz! Soll ich mir meine Geilheit um den Hals knoten wie nen Henkersstrick? Bis mich der Schlag trifft? Ich begehre die Flamme wie du. Und gib mir mein Geld zurück.

DER ABSTAUBER Ist das dein Ernst? *Er zieht das Geld hervor.* Da. Nimm es.

DER JUNGE DEUTSCHE Ach was, Schütz. Behalt es. Wir haben ja drauf gewettet.

DER ABSTAUBER Ich will das Geld nicht.

DER JUNGE DEUTSCHE Zweifelst du an deinem Sieg? Du sollst das Geld einstecken, Schütz! Wenn der Morgen durch die Ritzen kriecht, werden wir schon wissen, wem es gehört. Oder gib es der Flamme.

DER ABSTAUBER *steckt das Geld wieder ein* Blödsinn!

Die Flamme singt nun die ersten Zeilen von »My old flame«, und mehr schlecht als recht bzgleitet sie Kopitzke auf seiner Hammondorgel. Der Barmixer serviert dem Jungen Deutschen eine weitere Goldhand.

BARMIXER Bitte, bitte. Eine Goldhand.

DER JUNGE DEUTSCHE Danke, Sir.

BARMIXER Sie haben ja die von vorhin noch nicht einmal auf...

DER JUNGE DEUTSCHE Dann fahren Sie mal zwölf weitere Goldhände auf. Sir! Ich will hier zwölf Goldhände stehen sehen! Was sagst du dazu? Schütz. Heute braten wir ne dicke Extrawurst.

BARMIXER Bitte, bitte! Nicht krakeelen.

DER ABSTAUBER *der der Flamme verzückt und unter manchem Schlucker beim Singen zuhört* Wunderbar. Phantastisch. Also, da kann ich bloß Bravo klatschen. *Er schluckt.* Bravo!

KOPITZKE *bricht sein Spiel ab* Ich kann nicht...

FLAMME Versuchs, Jon.

KOPITZKE Und ich will auch nicht.

FLAMME Ach, Jon.

DER JUNGE DEUTSCHE Fliegenmuskelnenergieverbrauchsschütz, jawohl. So nenne ich dich von nun an. Ich bin betrunken. Aber noch nicht ganz. Aber was macht das schon.

KOPITZKE Hast du noch eine Zigarette?

FLAMME *gibt ihm eine Zigarette, sie rauchen* Rauchen. Immer rauchen.

KOPITZKE Denk an deine Stimme, Hedy.

FLAMME Ach Jon.

DER ABSTAUBER Warum singt sie nicht mehr?

BARMIXER *zum Stummen Gast, doch sehr laut* Einstmals war sie Sängerin, die feine Dame. Ja, man sieht es ihr nicct an. Sogar mit Erfolg. Dann nahm sie Tabletten. Da war die Stimme hin. Amerikanische Schnulzen sang sie mit Vorliebe.

KOPITZKE Paul, es waren nicht nur amerikanische Schnulzen.

BARMIXER So? Was du sagst.

FLAMME *mit glucksender Stimme* Das darf doch alles nicht wahr sein... *Sie tritt auf die Tanzfläche und dreht sich leicht.*

DER ABSTAUBER *zum Barmixer* Sie war Sängerin?

DER JUNGE DEUTSCHE Glas und Stahl, siebenundvierzig Stockwerke hoch. Alles meins. Aber heute, Michael, geht es um ein Unterhöschen.

DER ABSTAUBER *zum Barmixer* Erlauben Sie. Sängerin war sie?

DER JUNGE DEUTSCHE Schütz! Ich habe eine Wette mit dir laufen!

DER ABSTAUBER *zum Barmixer* Sängerin?

BARMIXER *verknufft und gar nicht so laut* Das sage ich und sage es laut! Vor diesem Töchterchen muß man sich in acht nehmen. Die treibt es mit jedem! Die gibt sich jedem hin, der mehr alsn lumpigen Volkswagen hat. *Stille.*

FLAMME *lacht und singt* »My old flame...«

KOPITZKE *steht auf, kommt zum Tresen* Paul. Was soll das?

DER ABSTAUBER Em... *Er schluckt.* Empörend. *Er eilt zur Flamme.*

DER JUNGE DEUTSCHE Wir sind Adenauer und Ulbricht, Schütz, wir Zeisige, wir zwei. Du der Spitzbart, und ich der Fuchs. Und wir bereisen inkognito unsere Ländereien. So will es der Fasching. Was, Sir?

BARMIXER Ränder! Ränder! Überall Ränder!

KOPITZKE *am Tresen* Laß das, Paul.

BARMIXER Mach du Musik!

DER ABSTAUBER *nahezu hysterisch, zur Flamme* Kommen Sie! Lassen Sie uns ein schönes Leben leben, voll Lust. In Rom. Auf Capri! Die Nacht ist nicht die rechte Zeit. Die Nacht, und immer wieder die Nacht... *Fast schreit er.* Jeder will Liebe! *Er schluckt.*

DER JUNGE DEUTSCHE Schütz!

BARMIXER Siehst du, Jon. Die Flamme. Hörst du auch gut zu?

DER JUNGE DEUTSCHE Denk an deine Fliegenmuskeln. Schütz!

DER ABSTAUBER Ja, ja. Sechstausend Mark... dein Mistgeld, Schieber.

FLAMME *geht zur Musikbox, wählt »Roter Mohn«, singt vor sich hin* »Roter Mohn, o du blutroter Mohn...«

KOPITZKE Wir sind alle krank, Paul. Das wird es wohl sein. Gib mirn Whisky.

DER ABSTAUBER *drängt sich nah an die Flamme* Sie wollen also wieder nicht mit mir nach Hause kommen? *Stille.*

KOPITZKE *sieht Schütz und der Flamme mit entsetzlich müdem Gesicht zu* Warum schmeißt du mich nicht einfach auf die Straße, Paul? Ich finde den Absprung nicht. Schick mich zu deinem Kupferharry hinüber. Vielleicht weiß der ja was für mich...

BARMIXER Jon, du bist krank. Ich bin nicht krank.

FLAMME Die ganze Freude des Lebens...

DER ABSTAUBER Quatsch! Kommen Sie mit mir? Ja oder nein? Die ganze Freude des Lebens... die große Welt. Madame in Rom und Madame ich weiß nicht wo. »In Deutschland ist es sehr grauselig. Nichts Schönes da, was die Lebensgeister erregt.« Na, so was! Zum... – *er schluckt* – zum Lachen! Dieses schöne Deutschland. Dieses wunderschöne Land. Aber von jedem wirds in den Schmutz getreten. *Den Tränen nahe.* Bamberg! Die Elbe! Der schöne Hunsrück! Das herrliche Moseltal... gildet nicht. Italien muß es sein. So viele junge Deutsche, die ihre Heimat nicht kennen und sie schätzen wie einen... wie son Krämerladen. Ach, was kümmerts mich. Nochn Batita di... – *er schluckt* – Coco ...Batita di Coco!

BARMIXER *stellt Kopitzke einen Whisky hin* Bitte, bitte. Nicht schubsen!

DER JUNGE DEUTSCHE Völlig zerrüttet, Schütz. Das bist du.

DER ABSTAUBER Ist Karneval. Im Altweibersommer! *Er schluckt.*

FLAMME Sie haben ja Tränen in den Augen.

DER ABSTAUBER Nacht für Nacht wartete ich auf Sie...

FLAMME Tanzen Sie mit mir. Und wir denken uns was Schönes aus.

DER ABSTAUBER Ich kann nicht mehr tanzen. *Er schluckt.* Dieser Schluckauf macht mich fertig.

FLAMME Ich finde Sie immer noch sehr süß.

DER ABSTAUBER Sie finden mich süß. Süß! Ja, was ist nun bloß so süß an mir? Ich bin ein Versager! Ich bin geschei... – *er schluckt* – ...scheitert...

FLAMME O, das sind wir doch alle.

DER ABSTAUBER Der nicht! *Er packt grob den Jungen Deutschen.* Der junge Deutsche! Der Schieber! Der badet im Geld. Der kommt von ganz unten...

DER JUNGE DEUTSCHE Fliegenmuskelnschütz! Kann man dir irgendwie helfen?

DER ABSTAUBER Der steckt uns alle in den Sack!

BARMIXER Bitte, bitte. Ich mag diese Cocktailtragödien nicht.

DER JUNGE DEUTSCHE Ich kenne Deutschland, Schütz. Bamberg! – kenn ich. Vierzehnheiligen. Ich war da. So sieht das aus. Ich habe im Alten Land, Schütz, im Alten Land Kirschen gestohlen.

DER ABSTAUBER Verzeih. *Er setzt sich an den Tresen.* Ich habe mich wohl daneben benommen... *Er trinkt.*

DER JUNGE DEUTSCHE Schütz, das ist morgen vergessen.

DER ABSTAUBER Ich schäme mich. *Er schluckt.*

FLAMME *zum Jungen Deutschen* Sehen Sie mich nicht so frech an.

DER JUNGE DEUTSCHE *geht zur Flamme* Sie sind eine geile Person.

FLAMME O.

DER JUNGE DEUTSCHE Darf ich Ihnen die Hand küssen? Ich bin Millionär. Ein echter Millionär. Nun? Darf ich?

FLAMME Bitte. *Sie hält ihm die Hand zum Kuß hin.*

DER JUNGE DEUTSCHE Danke. *Er küßt ihr lange und übertrieben die Hand.*

DER ABSTAUBER *zu Kopitzke* Das hängt alles mit meiner Arbeit zusammen. Ich habe mich da in ein maßloses Netz verstrickt. Das Buch, verstehen Sie, ich bin Biologe, ich arbeite an einem Buch über den Energieverbrauch... aber das ist nicht so wichtig. Mein Buch! — es gähnt mich an. Die Zahlenkolonnen, die Untersuchungsergebnisse... sie trampeln auf mir herum wie mit... — *er schluckt* — Elefantenfüßen ...

FLAMME *zum Jungen Deutschen* O.

DER ABSTAUBER Ja, oh.

KOPITZKE Ich habe nichts gesagt.

DER ABSTAUBER Wie mit Elefantenfüßen. Das macht mich so langweilig und unbegehrt.

DER JUNGE DEUTSCHE *läßt die Hand der Flamme* Genug geküßt.

FLAMME *glucksend* Sie sind verrückt.

DER JUNGE DEUTSCHE Auf Sie, mein Hühnchen.

DER ABSTAUBER Diese absolut ins Leere zielenden Tätigkeiten machen mich ganz grau.

DER JUNGE DEUTSCHE Finden Sie mich auchn bißchen charmant?

FLAMME Das darf doch alles nicht wahr sein.

DER JUNGE DEUTSCHE Hm?

DER ABSTAUBER Ich habe meine Frau geschlagen. Ja, das habe ich.

KOPITZKE Tut mir leid für sie.

DER ABSTAUBER Sie ist eine lebensmutige Person.

FLAMME Was haben Sie für einen schlimmen Fuß?

DER JUNGE DEUTSCHE Das ist mein Goebell-Goebbels. Ich bin der Teufel.

FLAMME Kann der Teufel tanzen? *Sie singt.* »Roter Mohn, o du blutroter Mohn...«

DER ABSTAUBER *den Kopf müde auf dem Tresen* Meine Frau. Meine arme Frau...

DER JUNGE DEUTSCHE Tango. Komm, mein Hühnchen. *Die Flamme lacht und tanzt mit ihm.*

DER ABSTAUBER *schluckt, dann heftig* Und Glück ist eigentlich nur durch Liebe zu erreichen. *Er trinkt. Pause.*

KOPITZKE In einem Café, einer Art Club an der Lexington Avenue in New York, so Ecke 40. Straße, — warum erzähle ich es dir... naja, es waren meine ersten Erlebnisse drüben — da trat mal Johnny Ray auf. Hier nannten sie ihn, glaub ich, Heulboje. Wie der loslegte! Der fraß, wenn er sang, diese riesige Stadt und spuckte sie wieder alsn Gewitter von Tönen aus... *Pause.* Ja. Johnny Ray...

DER ABSTAUBER *den Kopf wieder müde auf dem Tresen* Der Doktor Hausmann — kennen Sie den vielleicht? Der hat seine Praxis hiern paar Häuser weiter — zu dem gehe ich immer wieder hin, der war schon mein Kinderarzt. Der nimmt sich so viel Zeit, der fragt nach meinen Verhältnissen... Kann ich jedem empfehlen.

FLAMME O, nun schweigen Sie.

DER JUNGE DEUTSCHE Ruhe! Ich verliere sonst den Rhythmus.

DER ABSTAUBER Wenn ich mich so volltrinke, ich meine, wenn ich saufe, ist das eine Möglichkeit für mich, Gefühle... Gefühle. Ich liebe sie. Ich liebe sie...

KOPITZKE Ich weiß nicht. Willst dus ihr nicht selbst sagen?

DER ABSTAUBER Jede zweite Antwort von Ihnen ist, ich weiß nicht. Ich weiß nicht...

KOPITZKE Hör mal, Freund. Sprichst du mit mir?

FLAMME Sagen Sie was Schönes.

DER JUNGE DEUTSCHE Die Finanzämter werden abgeschafft.

DER ABSTAUBER Ich liebe sie. Ich will keine Liebe auf ewig... *Er döst.*

KOPITZKE Paul. Nochn letzten Whisky.

DER JUNGE DEUTSCHE Wer das Leben nicht als ein Spiel ansieht, muß über Ostern und Weihnachten Neger fangen.

FLAMME O, bravo!

BARMIXER Bitte, bitte. Der soll seine zwölf Goldhände kriegen. Was?

KOPITZKE Nochn Whisky.

BARMIXER *gießt Whisky ein* Der Mensch muß trinken. Und zwar besonders nach dem Krieg. Um zu vergessen.

DER ABSTAUBER *mit tief in den Armen vergrabenem Kopf* Ich habe Kopfschmerzen und... – *er schluckt* – Bauchschmerzen.

BARMIXER Bitte, bitte, Jon. Whisky. Warum spielst du uns nur nicht die »Drei Münzen«? Der Krieg ist aus. Seit dreizehn Jahren.

DER JUNGE DEUTSCHE Was denken Sie? Ist dem Glücklichen alles erlaubt?

FLAMME O, alles.

BARMIXER Sieh nur, Jon. Wie sie tanzt. Wie sie sich in seinen Armen räkelt... Zizizi... *Er mixt weiter.*

KOPITZKE Hast du zizizi gesagt? Zizizi?

BARMIXER Jon, was? Wir leben doch im Wohlstand...

FLAMME *während sie vor die Musikbox tritt und nochmals den »Roten Mohn« wählt* O, ich habe schrecklich Angst, Ihnen, so beim Tanz, auf den schlimmen Fuß zu treten.

DER JUNGE DEUTSCHE Tun Sies mal.

FLAMME *tritt dem Jungen Deutschen auf den Klumpfuß* Tuts weh?

DER JUNGE DEUTSCHE Muß ich ehrlich sein?

FLAMME Wie beim Schwur.

DER JUNGE DEUTSCHE Saumäßig weh.

FLAMME O, dann tret ich nochmal drauf. *Sie tut es.*

KOPITZKE *sieht der Flamme und dem Jungen Deutschen wie krank zu* Aber der Krieg, Paul, ist seit vierzig Jahren aus...

DER JUNGE DEUTSCHE *hält die Flamme fest in seinen Armen* Ich würde Ihnen gerne etwas abkaufen. Nämlich Ihr... Ihr... *Der Junge Deutsche flüstert der Flamme etwas ins Ohr.*

DIE FLAMME Wie bitte?

DER JUNGE DEUTSCHE Also? Verkaufen Sie es mir?

DIE FLAMME Sie sind verrückt.

DER JUNGE DEUTSCHE Spielen! Immer weiter spielen. Oder wollen Sie Neger fangen?

DIE FLAMME O, was denken Sie von mir?

DER JUNGE DEUTSCHE Hühnchen, gar nichts. Also? Tippen Sie mal ne Zahl an. Den Preis bestimmen Sie.

DIE FLAMME Hundert?

DER JUNGE DEUTSCHE Wollen Sie nicht höher gehen?

DIE FLAMME Fünfhundert?

DER JUNGE DEUTSCHE Noch höher!

DIE FLAMME Das darf doch alles nicht wahr sein.

DER JUNGE DEUTSCHE Tausend. Sagen wir: tausendfünfhundert, wenn Sie gleich liefern. Abgemacht?

DIE FLAMME O, von mir aus.

DER JUNGE DEUTSCHE *zieht Geld heraus und überreicht es der Flamme* Sie gefallen mir.

DIE FLAMME *nimmt das Geld* Ich finde Sie abscheulich.

DER JUNGE DEUTSCHE Ich nehms als Kompliment.

FLAMME *singt zur Musik und streift sich dabei betörend das Unterhöschen über die Knie* »Roter Mohn, o du blutroter Mohn...«

BARMIXER *stellt im selben Augenblick die ersten zehn Cocktailbecher mit der Goldhand für den Jungen Deutschen auf den Tresen* Trinken muß der Mensch, woi, woi, woi. Vergessen... *Zum Stummen Gast.* Sitzen Sie anständig auf dem Hocker! Sie Ferkel! So sitzt man nicht! *Er mixt weitere Goldhände.*

FLAMME *singt* »...o du blutroter Mohn...« *Ihr Höschen liegt nun traurig auf dem Boden.*

DER JUNGE DEUTSCHE *bückt sich danach und hebt es auf* Hm. *Kopitzke rutscht angewidert von seinem Barhocker.*

DIE FLAMME Teuer, wie? Für son bißchen Kunstseide...

DER JUNGE DEUTSCHE Es geht. *Er lacht.* Für mich wars n Geschäft. Ich habe 6000 darauf gewettet. *Er wedelt mit dem Höschen, ruft.* Schütz! Fliegenmuskelenergieverbrauchs...

KOPITZKE Großmaul! Du hast keine Ahnung. *Er stößt den Jungen Deutschen grob zur Seite, daß er fällt.* Nicht so viel Ahnung hast du! Nicht für fünf Cent! Von nichts! *Er geht zum Tresen, nimmt seine Reisetasche und wendet sich zum Gehen.*

BARMIXER Ui, ui, ui, Jon. Keine Cocktailtragödien. Bitte!

FLAMME *eilt hinter Kopitzke her* Jon, bist du etwa eifersüchtig? Wohin willst du? Jon! Lauf doch nicht fort.

KOPITZKE Laß mich, Hedy.

FLAMME O, Jon. Mein lieber, alter Jon... puste sie weg, die dumme Eifersucht... *Sie schlingt ihre Arme um Kopitzke.* Pffff... *Stille.*

DER JUNGE DEUTSCHE *steht auf, geht zum Tresen* Wieder ein Abend weniger. Was, Jon? Der Tod braucht nicht zu meckern... Wir nahen. Schütz! Du hast eine Wette verloren.

DER ABSTAUBER *schreckt hoch* Was ist passiert? Was ist nur um Gottes Willen passiert?

DER JUNGE DEUTSCHE Du hast eine Wette verloren, Sir! sind die alle für mich? *Auf die Cocktailbecher gemünzt.*

FLAMME Küß mich. Warum küßt Du mich nicht?

KOPITZKE Sag, Hedy, ist dir das nicht zu blöde? Nicht einfach zu blöde? was du da treibst mit diesen beiden kaputten Vögeln, diesem dakadenten Schwein?

FLAMME Ach, du bist ja nur eifersüchtig.

KOPITZKE Tu nicht so. Du weißt, ich mag das nicht. Ich hab dir ne gute Weile zugesehen. Ich hab zu mit gesagt: — obschon es mir weh tat, Hedy — ich hab mir gesagt: sei still. Laß sie. Wenn es ihr Spaß macht. Soll sie die kleine Kesse spielen mit dem scharfen Arsch und O und Ach. Ich wollte das Maul halten und einfach verschwinden... Aber wo du mich nun so rührend in deine Arme nimmst... Nein, Hedy, du tust mir leid. Merkst du nicht, wie billig, wie fürchterlich muffig und traurig die Nummer ist, die du spielst? Ist dir das wirklich nicht zu blöde?

FLAMME Jon... *Sie sieht ihn lange und fremd an.*

DER ABSTAUBER *ohne sich von seinem Platz zu rühren, zur Flamme hin, mit schlaf- und alkoholschwerer Zunge* Sie kommen also wieder nicht mit mir nach Hause? Sie gehen mit diesem Musik... — *er schluckt* — diesem Menschen? Und ich?

DER JUNGE DEUTSCHE Beruhige dich, Schütz. *Er hält ihm ihr Höschen hin.* Sie muß sich erst was anziehen. Du hast eine Wette verloren.

DER ABSTAUBER Mein Gott. *Er birgt den Kopf in seinen Armen.* Ich bin am Ende.

Der Barmixer verschwindet in den Keller.

FLAMME Jon, ich verstehe dich nicht. Ich weiß nicht, was du willst.

KOPITZKE Nein? Wirklich nicht, Hedy?

FLAMME Recht hat die Halluzination, Jon, und ihr Bruder, der bezechte Träumer.

KOPITZKE Alles wunderschön. Wo hast dus gelesen?

FLAMME O, Jon...

KOPITZKE Soll ich dir auf die Sprünge helfen? Vielleicht verstehst du mich dann. Paul hat das Zeitgefühl verloren. Zizizi. Haust im Keller... und du, Hedy? Sorgst für Stimmung? *Er zieht ihr die Perücke herunter, alte, struppige, graue Haare erscheinen darunter.* Willst du dein Leben so zu Ende bringen? Als altes, geschminktes Mädchen, das irgendwelchen Hosenkackern zu nachtschlafener Zeit die Augen verdreht? *Stille.*

DER JUNGE DEUTSCHE *ruft* Sir! *Mit langer, schwankender Geste auf die vielen Cocktailbecher.* Sind die alle für mich? Sir! *Der Barmixer ist verschwunden.* Einpacken!

KOPITZKE Als ich vorhin ankam, war ich richtig froh darüber, daß sich hier nichts verändert hat seit damals. Weißt du, Hedy, ich hätte vor Freude laut flennen mögen deshalb. Ich dachte, endlich habe ich mein zu Hause wieder. Glaub mir, Hedy, ich wollte nichts weiter, als... alsn bißchen meine Heimkehr... na, das Wiedersehen mit euch feiern. Ich wollte euch nicht... in irgendwelchen... Geschichten stören. Mhm, mhm, Hedy. Nurn klein wenig freundlich... Paul! Weshalb hast du mich nicht gleich auf die Straße gesetzt? Gleich als ich hier eintrat? Das verrat mir, Paul. *Pause.* Warum sagst du nichts, Hedy?

DER JUNGE DEUTSCHE *schnüffelt übertrieben die Luft ein* Ich weiß nicht. Aber es stinkt. *Er sieht zur Flamme hinüber, traut seinen Augen nicht, starrt wieder zu ihr hinüber, die da so gerupft vor Kopitzke steht.*

FLAMME Ich mag meine Brüste und mag meine Beine. Bloß meine zwei Daumen, die mag ich nicht. *Sie betrachtet nah vor dem Gesicht ihre beiden Daumen.*

KOPITZKE Ich, Hedy... *Er streicht ihr über den Kopf.* Ich habe dir so viele Briefe geschrieben... und nicht einen davon abgeschickt.

DER JUNGE DEUTSCHE Schütz, schlaf nicht. Kehraus ist.

DER ABSTAUBER *schreckt hoch* Was?

DER JUNGE DEUTSCHE Kehraus! Morgen wird es und kalt. Im Cocktailglas wächst schon Moos.

Plötzlich geht in der Balkona Bar ein unsäglich kaltes Rausschmeißerlicht an.

DER ABSTAUBER Was ist nur um Gottes Willen passiert? *Er schluckt und starrt ungläubig die Flamme an.* Hilfe!

DER JUNGE DEUTSCHE Ja, Schütz. Sie ist es. Die Flamme...

DER ABSTAUBER Ich weigere mich, es zu glauben.

DER JUNGE DEUTSCHE Ein graues Häufchen Fleisch. Liebe Grüße ausm Altersheim.

FLAMME *löst sich aus Kopitzkes Hand* Wer hat bloß das Licht angemacht...

KOPITZKE Paul! *Erst jetzt bemerkt er, daß der Barmixer verschwunden ist.* Wart mal. Ich will ihm doch wenigstens anständig Tschüß sagen, dem alten Knorpel. *Er will hinter den Tresen treten.*

FLAMME Laß mich nur eins noch sagen, eh du gehst, Jon. Als du, vor Zeiten, Jon, — spielt keine Rolle — anfingst, mich zu kränken und fertig zu machen, und ich nur noch singen durfte gegen Bezahlung...

KOPITZKE Es war Pauls Schuld. Er, mit seinen Geschichten, verkehrte mir meine Liebe zu dir.

FLAMME Ach was, Paul.

KOPITZKE Ich...

FLAMME Ich will nicht zanken mit dir, Jon, nicht jetzt. Ich, so beleidigt und verachtet von dir, stopfte mich voll mit Tabletten. Da war es Paul, der mich auffing und hielt. Er hält mich noch und hält mich fern von... von... mir fehlt das richtige Wort dafür, Jon. Aber er läßt mich jung sein und träumen. Wie lieb ich die Stühle, die Tische, wie lieb ich das alles hier. Ja, Jon. Auch, wenn es dir muffig vorkommt und geschminkt. Wie lieb ich die immer gleichen Spiele, die eine Nacht dauern und vergehen wie Blüten im Schnee.

KOPITZKE Und? – Da war kein Platz für mich?

FLAMME Ach, Jon. Hab ich ihn dir nicht angeboten? Hab ich nicht gesagt zu dir: spiel, laß mich singen. Frag nicht, frag nicht immer weiter... spiel... *Pause.* Du hast nur Sinn für dein armseliges Leben. *Sie zupft sich die falschen Wimpern ab, wischt sich den roten Lippenstift quer übers Gesicht, zieht aus dem Dekolleté die Einlagen und läßt alles vor Kopitzke fallen.* Bist du nun zufrieden? *Stille.* Ich kann dir nicht helfen.

DER JUNGE DEUTSCHE *schnüffelt* Also irgendwie stinkts hier.

DER ABSTAUBER Psst! *Er starrt ungläubig zur Flamme hinüber.*

KOPITZKE *bückt sich nach den Utensilien der Flamme und hebt sie auf* Hedy.

FLAMME Nein, Jon.

Hinter dem Tresen taucht der Barmixer auf. Nun sieht er wieder aus wie zu Beginn des Stückes.

KOPITZKE Glaub mir, ich wollte das nicht.

FLAMME *nimmt ihre Utensilien an sich* Du hast mir immer alles... alles bloß kaputt gemacht. *Sie läßt Kopitzke stehen und setzt sich an den Tisch in der Nische. Kopitzke nimmt seine Tasche vom Tresen, bemerkt den veränderten Barmixer und sieht ihn müde an.*

DER ABSTAUBER *weinerlich, mit Blick zur Flamme* Und ich habe mich scheiden lassen. Ich könnte weinen. Ich könnte ganz laut... – *er schluckt* – also sehr lange weinen.

DER JUNGE DEUTSCHE Und ich? Hab diesen lausigen Schlüpfer am Hals.

KOPITZKE Ja. *Er steht unschlüssig mit seiner Tasche da und kann seine Blicke nicht von dem Barmixer lösen.* Naja.

BARMIXER Nä. Feierabend, Herrschaften. Es ist abgeläutet.

DER JUNGE DEUTSCHE Sir! Ich hab hier nochn Schluck zu stehen...

KOPITZKE Du... Paul... *Pause.* Wo find ich diesen... sag schon, ja, diesen Kupfer... deinen Kupferharry?

BARMIXER Drüben, nä, Jon. Genau gegenüber. Auf der Dreizehn.

KOPITZKE Na, dann will ich mal... *Pause.*

BARMIXER Tut mir leid, Jon, nä, für dich. Aber...

KOPITZKE Ja, ja. Und grüß ihn von mir.

BARMIXER Nä, wen?

KOPITZKE Deinen Vater. *Er nähert sich der Nische.*

DER JUNGE DEUTSCHE Es stinkt wirklich infernalisch!

DER ABSTAUBER Psst!

DER JUNGE DEUTSCHE Was?

DER ABSTAUBER Psst!

KOPITZKE Verzeih, Hedy. War dumm von mir. *Pause, dann tritt er vor das Plakat hinter der Hammondorgel und sieht sein jugendliches Abbild darauf einen flüchtigen Augenblick lang an. Dann zieht er seinen Hut.* Machs gut, alter Junge. *Er geht müde, aber entschlossen ab.*

DER ABSTAUBER *mit scheelem Blick auf die Flamme* Hätte sie nicht etwas sagen können? Eine kleine Andeutung? Die Frau ist doch stein... — *er schluckt* — steinalt.

DER JUNGE DEUTSCHE *zum Stummen Gast* Stinken Sie so?

DER ABSTAUBER Psst! Ich...

DER JUNGE DEUTSCHE Du?

DER ABSTAUBER Nicht so laut. Ich habe mir in die Hose... ja, du. Ja. Voll rein. *Er schluckt.*

DER JUNGE DEUTSCHE Geschissen?

DER ABSTAUBER Ich bitte dich!

DER JUNGE DEUTSCHE Und — willst du nichts dagegen unternehmen?

DER ABSTAUBER Was soll ich dagegen unternehmen?

DER JUNGE DEUTSCHE Vielleicht suchst du mal das Clo auf...

DER ABSTAUBER *zwischen den Zähnen* Du, ich habe mir bereits... alles verkleckert.

DER JUNGE DEUTSCHE Eben, eben, Schütz. Dann muß man das abspülen. Wasch dich und — Hose rüber! Fertig.

DER ABSTAUBER Ja, das könnte man versuchen. *Er schluckt.* Nein! Unmöglich.

DER JUNGE DEUTSCHE Wieso denn?

DER ABSTAUBER Wenn ich durch das Lokal... verstehst du? Da sieht das doch jeder.

DER JUNGE DEUTSCHE Irgendwann mußt du sowieso gehen.

DER ABSTAUBER Das ist wahr.

BARMIXER Nä, darf ich kassieren bitte.

DER JUNGE DEUTSCHE Immer, Sir, immer!

DER ABSTAUBER Lädst du mich ein?

DER JUNGE DEUTSCHE Komm endlich. Es stinkt unglaublich.

DER ABSTAUBER *rutscht von seinem Barhocker* Du, gehn bißchen hinter mir. Deck mich gut ab! *Der Abstauber und der Junge Deutsche ab aufs Clo.*

FLAMME *macht sich wieder schön* O, bald sind sie alle fort...

BARMIXER *beim Stummen Gast* Nä, wie immer bei Ihnen. *Der Stumme Gast zahlt.* Das Hütchen! Nä, das Zaubererhütchen... was solln das? Sie Ferkel! Sehen Sie sich mal im Spiegel an... *Der Stumme Gast reicht dem Barmixer das Hütchen. Der nimmt das Hütchen, stellt es auf den Tresen, sieht das Hütchen an.* Nä, was soll man dazu sagen... *Er schlägt das Hütchen flach.* Nä, ich sage nur: — und wenn Sie noch tausend Jahre schweigen — nä, die Bar kriegen Sie nicht in Ihr Museum. Nicht, solange mein Vater noch lebt. *Der Stumme Gast trinkt sein Glas aus.* Nie nicht, nä! Und auch sonst nicht. *Er rechnet die Zeche von Schütz und dem Jungen Deutschen zusammen.*

Der Stumme Gast rutscht vom Barhocker, nimmt seinen roten Leinenbeutel und verläßt würdevoll die Bar. In der Tür stößt er auf den Feuerwehrmann, und vom Clo kommen der Junge Deutsche und Schütz zurück. Schütz hält in einer Hand ein dickes Zeitungsknäuel.

DER JUNGE DEUTSCHE Du hast mir doch ständig in den Ohren gelegen, mit deinen scheiß Fünfziger Jahren!

DER ABSTAUBER Es waren eben die potentesten. Hätten die Deutschen in den Fünfziger Jahren nicht so an eine Zukunft geglaubt... *Er schluckt.* Aber einen lebenden Menschen derart hinters Licht zu führen...

FEUERWEHRMANN Verzeihung! Ist hier vielleicht noch jemand von der freiwilligen Feuerwehrgruppe Pinneberg-Elmshorn?

DER JUNGE DEUTSCHE Schütz! Unser Feuerwehrhauptmann. Und? Wo stecken die Jungs?

FEUERWEHRMANN Nirgends!

DER JUNGE DEUTSCHE Auch nicht im Puff?

FEUERWEHRMANN Das ist ja das Unglück. Wie vom Erdboden verschluckt. Ach, Herrje. Sie sinds. Hier war ich doch schon mal...

DER JUNGE DEUTSCHE *auf das Lebkuchenherz vor der Brust des Feuerwehrmanns, das bis aufs »Hurra« verspeist ist* Haben Sie genascht?

FEUERWEHRMANN *der diese Frage falsch bezieht* Also bestimmt nicht, wo Sie glauben. Na, dann trab ich mal weiter. Nein, mit solchen Kollegen macht das Reisen keinen Spaß. Rammler! Lauter Rammler! Der Busfahrer hat sich bestimmt schon erschossen... *Der Feuerwehrmann läuft ab.*

DER JUNGE DEUTSCHE Sir! Die Rechnung. *Er schmeißt große Geldscheine auf den Tresen.* Was werden wir morgen machen?

DER ABSTAUBER Arbeiten! Arbeiten, arbeiten und nochmals: arbeiten!

BARMIXER Nä, Herr, das sind mehr als tausend Mark...

DER ABSTAUBER Anständig leben.

DER JUNGE DEUTSCHE Ich höre mit den Cocktails auf. Erstmal für zwei Tage...

DER ABSTAUBER Ich spreche mit meiner Frau.

DER JUNGE DEUTSCHE *zum Barmixer* Stimmt so.

BARMIXER Aber, nä, das sind mehr als tausend...

DER JUNGE DEUTSCHE Sir! kaufen Sie sichn paar Lutscher dafür.

DER ABSTAUBER Du. Ich mache die Scheidung rückgängig.

DER JUNGE DEUTSCHE Tingel-tangel...

DER ABSTAUBER Ich verliebe mich nie wieder.

DER JUNGE DEUTSCHE *wendet sich zum Gehen* Hat sich ausgetingeltangelt, was? *Sie kommen an der Nische vorbei, wo die Flamme sitzt und sich schön macht.* Schütz! Sie putzt sich.

DER ABSTAUBER Verschone mich mit der Person.

DER JUNGE DEUTSCHE Von hinten Lyzeum, von vorne Museum.

DER ABSTAUBER Ein ganzes Jahr meines Lebens... *Er schluckt.* Die Arbeit vernachlässigt, die Scheidung... wegen ner... – *er schluckt* – Mumie!

DER JUNGE DEUTSCHE Du hast ihr Höschen an.

DER ABSTAUBER Werde bitte nicht gemein!

DER JUNGE DEUTSCHE *schmeißt sein Zaubererhütchen nach der Flamme* Fleisch! Lebe wohl! *Schütz und der Junge Deutsche unter fiesem Gelächter ab. Stille.*

BARMIXER Nä, diese Wohlstandsbrüder... *Er wischt den Tresen.* Ränder! Über-all Ränder!

Die Flamme sitzt müde da, kahlköpfig und alt, und malt sich die Lippen rot.

Vorhang

Hunsrück

Für Sanda

Zweite Fassung 1985

PERSONEN

WERNER
WALTER
PAUL
LINDA
OMA
HANS, 7 Jahre
GERTRUD, seine Mutter
MANFRED, sein Vater
MATHIAS, der Freund

Ein dunkles Tal mit Steinblöcken. Auf einem der Steine sitzen die Oma, Paul und Linda. Sie schweigen so. An einer anderen Stelle stehen sich der bucklige Walter und der kurzsichtige Werner blöde gegenüber. Zwischen den Steinen liegen viele große, aber leere Weinflaschen herum. Stille. Bis plötzlich ein großer bunter Federball herunterfällt, gerade zu Walters Füßen hin, der aber nicht darauf reagiert. Nach einer Weile wirft der Wind helle und lachende Stimmen in Fetzen über den Ort. Stille.

I/1

WERNER *der auf den Federball zeigt* Da ist was.
WALTER Was ist das?
WERNER Kam geflogen.
WALTER Was geflogen kommt, darf man behalten. *Er bückt sich und hebt den Federball auf.*
WERNER *sieht nach oben, woher der Federball kam* Kommt aus einer anderen Welt.
WALTER Vielleicht aus einem — *er denkt nach* — Zirkuszelt?
WERNER Nein.
WALTER Nein!
WERNER Oder?
WALTER Vergiß es. *Sie betrachten den Federball. Stille.*

I/2

PAUL Blut. Ich möcht immer Blut sehn.
LINDA Ich nicht.
PAUL Der Blutmann.
LINDA Ist das ein Film?

PAUL Ich bin der Blutmann.
LINDA Ich denke: Gott.
PAUL Ich möcht mich selbst ermorden, um nur Blut zu sehen.
OMA Das macht der viele Wein. *Sie kichert.* Heute trinken, morgen...
LINDA *stur, zu Paul* Hast du nicht gesagt, du bist Gott?!
OMA Paul, Gott. *Sie kichert.*
LINDA *zu Oma* He! du blinde Gans.
OMA *zu Paul* Schnaps, lieber Gott. Der Rotwein ist alle.

I/3

WERNER *mit ein wenig schwerer Zunge* Plastikfedern.
WALTER Aber bunt wie was.
WERNER Schlechtes Material.
WALTER Aber bunt wie was.
WERNER Fällt nicht weiter auf.
WALTER Schon.
WERNER Nein!
WALTER Ja!
WERNER Klugscheißer!
WALTER Die schreien ja.
WERNER Wer? *Pause.* Wer schreit?
WALTER Die Farben.
WERNER Ich hör nichts.
WALTER Das sagt man so.
WERNER Wo?
WALTER Fang! *Er wirft Werner den Federball zu.*
WERNER *fängt* Sowas haut der Ami auf den Markt.
WALTER Und Roboter.
WERNER Der Kaugummi. *Er wirft den Federball wieder zu Walter.*

Walter betrachtet den Federball, als versuchte er, sich an etwas zu erinnern. Werner nähert sich mit ausgestreckter Hand Walter.

I/4

OMA So ein richtig versauter Tag. Der Tag ist im Eimer.
LINDA Vier Uhr ist das wohl.
OMA Was! Erst vier.
LINDA Nach Indien sind viele. Sind alle wiedergekommen.

I/5

WALTER Du stinkst. Bis hier.
WERNER Das lassen wir mal meine Sorge sein.
WALTER Aber ich darf es aufriechen.

I/6

LINDA Wenn die Sonne scheint, vergeht die Zeit nicht.
OMA Die Sonne scheint aber gar nicht.
LINDA Wenns regnet, vergeht die Zeit viel schneller.
OMA Kämm du dich mal lieber. *Sie kichert.*
LINDA He! du blinde Gans. Ohne Kamm?
OMA Mir tun bloß die Bauern leid, die jetzt in die Rüben müssen.
PAUL Bloß.
OMA Was?
PAUL Ich heiße Bloß.
OMA Blaß!

LINDA Aber das Wetter wird langsam besser.
PAUL Das Haus mit dem Schieferdach. Ich nenn es die Trostbude.
OMA Paul. Was isn das fürn Loch?
LINDA Kein Loch. Nä, Paul... die Trostbude.
OMA Visavis vom Arbeitsamt. Ich kenns. Gehört einem Franzosen.
PAUL Wo man sich andient — *lächelt* — einem das Unglück auszureden.
LINDA *zu Oma* Nichts Franzose! und gar nichts.
OMA *zu Paul* Welches Unglück?
PAUL Das Unglück.
OMA Ich wills dir schon austreiben.
PAUL Und nackte Kinder spielen darin... — *sehnsüchtig* — am Pianoforte...
LINDA *die etwas anderes versteht* Alte Sau.

I/7

WALTER Wasn deutscher Federball ist, also son alter echter, wie ich ihn als Kind noch kenn...
WERNER *steht nah und fordernd vor Walter* Sag es ruhig.
WALTER Das ist schlimm, wie du stinkst. Du verfaulst von innen heraus.
WERNER Ich hab Rotwein getrunken.
WALTER Ich auch! Aber keine Jauche.
WERNER Gib! *Er greift nach dem Federball.*
WALTER Ist für Linda, wie?
WERNER Gib her!
WALTER Ist für deine Frau.
WERNER Leck mich am Arsch.
WALTER *reicht Werner den Federball* Sammelheini!

WERNER *reißt Federn aus dem Federball* Die Finder sind die Sieger... Die reißen die Federn, die Federn... die Federn reißen die aus.

WALTER Die Plastikfedern.

WERNER Die holt sich der Wind.

WALTER Hui! ist das Leben klein. *Werner wirft den Federball fort. Stille.*

OMA *böse zu Walter und Werner hin* Schattenmänner!

I/8

OMA *zu Paul* Du kannst nicht erst der König sein und viertel vor die Wildsau. *Gegen Walter und Werner.* Für die. Weg von hier! Paul, mit mir. Von denen hast du den stärksten Schädel. Diese Killerbrut hängt dich in den Rauch.

PAUL Ich kann sie nicht allein lassen, so — *er denkt* — heillos unter dem schwarzen Tuch.

OMA Was sindn das für Würmer?!

PAUL S sind meine Knechte.

OMA Bei Karstadt hängen Pelze, Jungchen, Pelze! 15 000 Mark das Stück. Die wollen gepflückt sein, müssen die. Komm!

LINDA He! du blinde Gans. Stehlen ist nicht angesagt.

OMA Das Böse ist unser Glück.

LINDA Oma besoffen.

OMA Aber wie! Und dann hat sie Haß.

PAUL Kommt immer nur besoffen.

OMA Abreißen! Abreißen! *Sie stutzt.*

LINDA Nä, da wird nichts abgerissen und nichts gepflückt.

OMA Was fasel ich...

LINDA Kein Pelz und kein Bernstein.

OMA Abreisen, Paul, meine ich. Abreisen. Wir. Du mußt weg von hier! Komm mit mir, und jede Nacht wird eine schöne Nacht. Dieses Pack, Paulchen, gluckt zusammen überall, Leutchen! mit platten Köpfen, Kumpeldeutsche! Das vertrödelt den Tag wie die Nacht mit fauliger Luft im Hirn. Paul, dieses Pack mußt du meiden.

LINDA Sabber nicht.

OMA Denk an das Unglück, Paulchen, an deines. Ich hörs schon, wies pocht. Nun komm auch. Schließlich, Paul, hab i c h dich zusammengebastelt.

PAUL Automatisch. Mit schlechter Musik. Im kalten Männerklo.

OMA Ich hab dir die Milch da verdient und alles...

PAUL Ich will das nicht wissen.

LINDA Da! *Sie schlägt die Oma mit der Faust auf den Kopf.*

OMA Klofrau war ich, in Berlin. Im kalten, kaputten Berlin, mit dich. Jawohl. Und das ist keine Sünde.

PAUL Da springt aus jedem Satz ein Geschichtchen.

OMA *der Linda auf den Kopf haut* Haut man einer alten deutschen Frau was auf den Kopf?

PAUL Die losen Wörter aus der Gosche.

OMA *unter wilden Schluchzern* Paul! ich hab in meinem Leben alles dir zuliebe getan...

I/9

WERNER Du hast einen Fehler gemacht.

WALTER Ich habe mich entschuldigt.

WERNER Mit Scheiße geschmissen.

WALTER Das weiß ich.

WERNER Alles klar.

WALTER Warum nicht.

WERNER Wenn ich ein Spiel spiele, will ich spielen. Killen ist was ganz was anderes.
WALTER Daß du immer alles in den verkehrten Hals kriegst.
WERNER Paul hat es mir gesagt.
WALTER Ich will dich nicht killen.

I/10

PAUL *in schweres Denken versunken* Die letzten Taten. Nichts ist eigener Wille. Der Mensch tut, was getan werden muß. Drücken wir ihm die Daumen.
OMA Paul. Bügelt man seinem Schutzengel den Kopf? Paul! Willst du die Steine ausbrüten? Paul!
LINDA *wühlt in ihren Taschen* Wo isn mein Kamm?

I/11

WALTER *zu Werner, der noch immer merkwürdig abwartend vor ihm steht* Du lachst ja.
WERNER Nichts.
WALTER Warum weinst du?
WERNER Der Federball.
WALTER *vorwurfsvoll* Ja.
WERNER Es tut mir so leid.
WALTER Plötzlich! Hast du einen Personalausweis?
WERNER Deutsch.
WALTER Sonstige Papiere?
WERNER Nein!
WALTER Name?
WERNER Werner.
WALTER Weiter?

WERNER Stellwaag.
WALTER Aus?
WERNER Ausgerissen.
WALTER Männlich?
WERNER Bis auf die Knochen. Schau. *Er öffnet seine Hose und läßt sie an den Beinen herunterrutschen.*
WALTER Sauber ist das hier gerade nicht. Da ist mal wieder große Wäsche fällig.
WERNER Halt deinen Schnabel.
WALTER Morgen.
WERNER Ich hatte mir eine weiße... Turnhose... hatte ich mir gewünscht. Ich kriegte nur schwarze. Die waren eben billiger...
WALTER Son Elend will ich nicht im Zug haben.

Er läuft in den Hintergrund und macht sich da hinter einem Stein zu schaffen. Werner steht blöd da, dann bückt er sich langsam nach seiner Hose.

I/12

OMA *zischt zu Werner und Walter hinüber* Schattenmänner.
LINDA Die Oma quatscht im Schlaf.
OMA Kscht! Geh zu deinem Mann und hilf ihm in die Buchs!
LINDA Ich kenne kein Glück. Und ich kenne keine Schmerzen. Nur Zahnschmerzen. Und da sitz ich, wie ich hock. Da bleib ich stur. Krücke!
OMA Paul!
PAUL Eine Stimme hat gesagt: Sammle Blut in einen... Kelch. Doch nimms zuerst aus dem Bauch eines Kindes, dann anderes und misch es. Sieh in das Blut. Bis die

Trauer zu dir kommt. Anders wirst du deinen Tod nicht finden, als in diesem Kelch.

LINDA Nä. Paul...

OMA N Humpen mit Schnaps drin wäre mir lieber.

LINDA Die hat nur Schnaps im Kopf.

OMA *zu Paul* Willst dich vor der Göre wichtig machen. Bist bald vierzig Jahre alt. Und quatschst nur Mist. Schäm dich!

LINDA *zu Paul* Die kann schimpfen — nä! wien Rohrspatz. Naja. Paul. Muß man sich mit abfinden.

OMA Kscht! Hetz den Paul nicht zeitimmer so gegen mich! *Pause.*

PAUL *zu Linda* Soll ich dir was sagen?

LINDA Eine Zuckerbretze würde ich gern essen. Oder sonst was naschen.

I/13

WERNER *hat endlich seine Hose wieder an; während er sie sich zuknöpft, ruft er nach hinten, zu Walter* Ich bin du, und du bist ich!

I/14

PAUL *beugt sich nah an Lindas Ohr* Soll ich dir mein Geheimnis sagen? Einzig der schuldbeladene Mensch, der allein!... wiegt dem Tod nicht zu leicht. Wir müssen uns schwer machen für den Tod. Wir müssen uns... uns... unser! Unser Sterben leben. Unser Sterben.

LINDA Fall nicht ins Denken.

PAUL Uns sterben im Leben. *Er beißt Linda plötzlich ins Ohr, bis sie schreit.*

WERNER *als habe Lindas Schrei ihn angesteckt, heult auf wie ein geschlagenes Tier* Melle!

WALTER *der hinter dem Stein einen großen Sack gefunden hat, in welchen er neugierig hineinschaut, läßt augenblicklich die Sackenden fallen und kommt zu Werner gelaufen; er schreit wie der* Bünde!

WERNER *schreit* Melle!

LINDA *schreit ebenfalls noch immer, denn Paul läßt ihr Ohr nicht* Löhne!

OMA Wenn ich nur wüßte, wo man heute Schnaps verschenkt. *Stille.*

WALTER *zu Werner* Gut. Gut. Ist alles gut.

WERNER *schreit* Haut ab! Alle Menschen! Haut ab!

WALTER *lacht gemein* Vorhin.

WERNER *wirft sich mit dem Gesicht zu Boden* Melle!

WALTER Gib auf deine Brille acht.

PAUL *löst sich von Lindas Ohr* Ich sollte nicht ins Denken fallen. Oder?

LINDA *wischt mit einer Hand über das Ohr und sieht dann in die Hand* Oh, das blutet.

OMA Zwischen euch kriegt man das Grausen.

PAUL *zärtlich und ängstlich* Laß mich hineinblicken. Wie in einen Eimer mit Blut will ich hineinblicken.

LINDA *hält Paul unschuldig die blutige Hand hin* Mann o Mann.

PAUL *stiert in die Hand* Ich muß in die Erde.

LINDA Nä, das schaffst du nicht.

PAUL Ich gehe heute in die Erde.

WERNER *zuckt und schlägt um sich und schreit* Haut ab alle! Du Mensch! *Walter läuft um Werner herum und bellt ihn wie ein Hund an.*

PAUL Das Blut zieht. Und das Blut fließt nicht.

LINDA Im Kino wär es wohl schön jetzt.

WERNER *steht auf, schreit* Haut ab!

WALTER Jetzt wirds dramatisch.

WERNER Alle Menschen! Mensch!

OMA Euch geht es zu gut! Aasgeier. Das ganze Geld von der... Sozi-Ahlhilfä!... das Schutzgeld und alles, was ihr da kriegt, das macht die Langeweile so pur und so... roh! *Sie schreit.* Ihr gehört alle in den Grill! *Stille.*

LINDA *mit einem langen Blick auf Werner* Weil wir immer mit dem Wind so tippeln...

OMA Die gehören alle in den Grill.

LINDA *leise und enttäuscht in Richtung Werner* He, Alter. Wir könnten ins Kino gehen.

OMA Kino! Denk an die Pelze. *Sie kichert.* Fuchs. Breitschwanz. Wolf und Persianer. Hm.

I/16

WALTER *zerrt Werner mit sich fort* Deine Frau will mit dir ins Kino.

WERNER *steht bockbeinig da* Hier.

WALTER Was? *Pause.* Was?

I/17

OMA Es muß geschafft werden. Mußte! heute wie damals. *Sie kichert.* Mit den Händen. Wollte man die Suppe salzen und das Zimmer hell haben.

PAUL Der Tod hat nach mir gefaßt. Mit entsetzlich langer und fester Hand.

LINDA Schon schön. Im Kino.

PAUL Er hält mich und lebt mich.

OMA Du mußt dich mit fröhlichen Menschen befreunden. Nicht mit so traurigen Miesepetern.

PAUL Kannst du nicht still sein?

OMA *wickelt aus einer großen, fettigen Serviette ein angebissenes Käsebrot aus und beißt davon ab* Ich bin 93 Jahre. Wovor soll ich mich fürchten! *Sie ißt gemächlich.*

LINDA *nüchtern* Wir hätten in der Stadt bleiben sollen.

I/18

Walter schleppt Werner wieder ein Stück in Richtung zu dem Stein, hinter welchem er vorhin den Sack fand.

WALTER Wie fühlt sich der Mensch?

WERNER *steht wieder bockbeinig, atmet schnell und hoch* Hast du nicht gesagt, sie möchte mit mir ins Kino gehen?

WALTER Wenn du so plärrst?!

WERNER *leise* Linda.

WALTER Das ist ein Rumgemache.

WERNER Spiel dich nicht auf.

WALTER Peinlich. Schenk mir was. *Er schlürft obszön die Luft ein.*

WERNER *noch leiser* Linda!

WALTER Irgendwas zu lutschen.

WERNER Knutschen willst Du?

WALTER Lutschen!

WERNER Ich stech dich ab.

WALTER *versöhnlich* Heute bin ich froh. Heute... schöner Tag. Du nichts froh?

WERNER *böse* Lutschen.

WALTER Ich habe nur Spaß gemacht.
WERNER Wie heute nacht.
WALTER In dieser Sache hab ich mich entschuldigt.
WERNER *drohend* Alles klar?!
WALTER Ich hab gedacht, du wolltest...
WERNER Nein! wollt ich nicht.
WALTER Linda mit mir teilen.
WERNER Will ich nicht. Wollt ich nicht.
WALTER Sie hatte keinen BH an.
WERNER Wer?
WALTER Wer?! Das hat mich so scharf gemacht.
WERNER Linda hat keinen BH an?
WALTER Ists meine Schuld?
WERNER *bleich* Und weiter?
WALTER Ich wollte ja gerne. Aber ich hatte ja gerade.
WERNER Mit wem?
WALTER Mit der Oma. Locker. Flockig.
WERNER Ich komm dir auf die Schliche, euch! Früher oder später. Verlaß dich drauf.
WALTER Aber wenn dich die Linda nicht läßt?
WERNER Halts Maul.
WALTER Pfefferminz?
WERNER Ich will kein Pfefferminz.
WALTER Dann hauch mal in deine Hände. *Werner, überrumpelt, tut es.* Istn bißchen arg, wie?
WERNER Gib schon. *Er nimmt von Walter ein Pfefferminz.* Das klebt voller Flusen. *Er wirft es weg.*
WALTER Sauigel! *Er hält sich die Nase zu.* Trittn Schritt zurück.

OMA *kauend* In Gelsenkirchen, nach dem Krieg, — wie überall — gabs nischt zu fressen. Hab ich mir durch die Backe in die Zunge — gute sechzigmal! — eine Stricknadel gestochen. Sechzigmal. Um den Hunger klein zu kriegen.

LINDA Hast ja gar keine andere Möglichkeit gehabt, nä. Mit deinem lumpigen Hilfsschulabschluß.

OMA *eindringlich zu Paul* Und, ganz nebenbei, hab ich auch noch abkassiert. Mit der Nadel in der Backe stand ich da, nah dem Bahnhof wie ein vorgestochener Ochse. Und hab alle Gaffer abkassiert. Von jedem n Sechser. Das Paulchen im Arm. Ich hab mich allüberall gerührt. Und die hier... *Sie schreit.* Paul!... *Leise.* — Verschwinden wir.

LINDA Und wo ist die Narbe?

OMA Unter die Falten wird sie wohl begraben sein.

LINDA Die lügt.

OMA *wischt sich über den Mund* Feuer hab ich auch gefressen.

PAUL Alles wird langsam, schwach, hört auf. Bloß der fette Weibsmann, der Deutsche, mit dem ewigen Schweiß in den Poren, poltert eifrig durch das stille All.

OMA Jetzt ist mir die Serviette auf den Boden gefallen. *Sie zündet sich eine Zigarette an.*

PAUL Brav, von der Nachtschicht zur Frühschicht zur Nachtschicht.

LINDA Mit Bier sieht man das nicht so eng. Weinbrand.

OMA *pafft wild* Friede. Freude. Eierkuchen.

LINDA Wieso rauchst du meine Zigaretten?

PAUL Linda spricht mit dir! *Er nimmt eine Hand von Oma und drückt zu wie ein Schmied.* Sieh sie an!

OMA Drecksack! quetsch mir die Hand nicht kaputt. Neunachtundneunzig pro Tag mit Essenszuschuß vom Fürsorgeamt... aua! Laß los!

PAUL So halt ich dich fest, fest.

LINDA Fester! Bis sie schreit.

OMA *schneidet Grimassen und brüllt gegen den Schmerz an* Wenn niemand etwas für mich tun will, will ich eine Neubauwohnung mit Bad! einmal fliegen nach Honduras!... mein Leben fühlt sich hier nicht wohl. Na, doch hier nicht. Aua!

PAUL *drückt immer fester Omas Hand* Wenn dich die stummen Tage matschig machen, verkriech dich bei den toten Puppen. *Er gibt ihre Hand wieder frei.* Nur zerkratz mir nicht den dunklen Fleck in meinem Kopf.

OMA *schüttelt ihre Hand aus* Wie dein Vater. Der war auch son grober Tümmler. *Stille.*

I/20

Walter hält Werner an den Schultern und stiert ihm in die Augen.

WERNER Melle.

WALTER Ich bin du?... und du... bist ich?

WERNER Hin und wieder.

WALTER Du bist ich!

WERNER Jetzt riech ichs, wie ich stinke.

WALTER Dann sag schon, was du sagen willst.

WERNER Ich als du.

WALTER Ich schlag mir die Hand vor den Mund.

WERNER Ich...

WALTER I c h stinke. Sag es. *Er hält sich den Mund zu.*

WERNER Als trüg ich etwas Schweres auf etwas Leerem. Davon hab ich den Buckel.
WALTER *schreit beinahe übermütig* Ja!
WERNER Gib mir meine Augen zurück.

Sie halten sich umarmt, und ihre Köpfe schauen in die je entgegengesetzte Richtung.

WALTER Gib mir meinen Buckel zurück.
WERNER Die Augen heißen siebzig.
WALTER Brachzeit.
WERNER Die Kassen schnarren. Große Zahlen.
WALTER Das alte, fremde Geld tanzt durch die Welt in Nebel weißen Lichts.
WERNER Plemm, plemm! Von wegen... die Augen heißen siebzig.
WALTER Das hast du gesagt.
WERNER Das hast d u gesagt.
WALTER Ich als du.
WERNER Melle! hör auf. Ich will mich nicht vertauschen. *Er sagt, was er sieht, nämlich: Linda, Oma, Paul.* Ein Mann. Zwei Weibsbilder.
WALTER *ebenso* Ein Stein. Ein Sack dahinter.

Walter und Werner lösen sich aus der Umarmung.

WERNER *zeigt Walter einen Vogel* Ich bin ich! Und du bist du.
WALTER *merkwürdig devot* Sicher ist sicher. Alles klar.

Pause. Wie zu Beginn stehen sich Walter und Werner gegenüber und scheinen sich zu mustern.

I/21

LINDA Zieh mal dein Hemd über den Kopf, Paul.
PAUL Ist nicht mehr ganz neu. Ist vom Rotkreuzkleiderberg.
LINDA Haut will ich spüren. Mal. *Bettelnd.* Nur mal einmal so.
PAUL So lange ich lebe... *Er zieht tatsächlich sein Hemd aus, in seine Brust ist eine große schwarze Blume eintätowiert.*
LINDA *überrascht, daß er ihren Wunsch so ohne weiteres erfüllt* Nä. Paul! *Sie streichelt seinen Rücken.* Aber morgen! Uh.
PAUL Morgen gibts mich nicht mehr.
LINDA Ich meine nur.

Oma sieht Paul und Linda angewidert zu.

I/22

WERNER Was ist in dem Sack?
WALTER Ein Kater.
WERNER Laß sehen.
WALTER Warte. Der ist scharf auf meinen Buckel. Der beißt.

Sie gehen zu dem Stein, hinter welchem die Sackenden hervorsehen, bücken sich dahinter.

I/23

OMA *voll Verachtung und Hohn gegen Paul* Das Zwitschervögelchen wird festgemacht und sein Gezwietsche ausgemacht. *Sie kichert.*

PAUL Was siehst du mich an?

OMA Würmer! mit Haaren im Arsch und... im Kopf!

PAUL Halt das Maul.

OMA Du bist, und du wirst! – kein großer Mann. Du verkommst. Ich seh es dir an. *Sie kichert.* Sowas frißt Scheißdreck und meint, s sei Fleisch.

LINDA Das muß sie sich abgewöhnen.

PAUL Immer auf das Echo achten. *Er streckt der Oma die Zunge raus.* Bläh. Ich will mich nicht schmutzig machen. *Auf Oma.* An der!

OMA Pelze. Bernstein. Lauter feine Sachen. *Böse.* Euch wünsch ich Krieg!

I/24

Walter und Werner stieren verstohlen in den Sack.

WALTER Siehst du das?

WERNER Was ist das?

WALTER Siehst du das nicht mit deinen blödgeglotzten Augen?

WERNER Ein Kater ist das nicht.

WALTER Das ist ein Bündel!

WERNER Na und?

WALTER Ein Bündel!

WERNER Mir läuft gleich die Brille an. *Er wendet sich gelangweilt von dem Sack ab.*

WALTER Die Oma hats aus der Stadt mitgebracht.

WERNER *neigt den Kopf weit in den Nacken und starrt nach oben* Siebzig. Ein Strumpf im Wind. Fälltn Finger heraus.

WALTER *tut es Werner gleich und sieht auch in die Luft hinauf* Hast du Haschisch genommen?

I/25

OMA *kalt und vor sich hin* Das habe ich in der Zeitung gefunden: Ein Drama! Vier tote Menschen im Hunsrück. Die Täter: drei junge Männer. Die Opfer: eine Frau, zwei Männer, ein Kind. Tag um Tag lungerte das Mordtrio herum, bis plötzlich die Ausflügler kamen. Beute: nicht eine Mark. Als Polizisten vier Tage später das Gelände stürmten, schliefen die Mörder.

I/26

WERNER Verliebt... ist große Scheiße, verliebt. *Er senkt den Kopf.* Linda... Das w a r mal eine... Blume.

WALTER *weiß nicht, ob er Werner berühren darf oder nicht* Glaubst du, da ist was?

WERNER Hochgestöbert. Ja.

WALTER Brief und Siegel: Nein.

WERNER Die Dudelkiste hat sie von mir und massig Luxus...

I/27

PAUL *mit einem Nicken auf Oma* Gestern nacht, im Schlaf, sprach sie mit weinerlicher Stimme von einem roten Wasser mit kalten Köpfen drin.

LINDA Nä, die spinnt auf das, was kommen mag. Ja, die will ihr Paulchen nicht verlieren.

PAUL *neigt sich nach Lindas Ohr, flüstert* Preußen-Oma wird mir einen Stein besorgen, hat sie mir, mit ner scharfen Kante, aus der Stadt, in der Stadt. Gutverschnürt reicht sie ihn brav mir hin. Bis ich in die Erde steige.

LINDA *mit Blick auf Oma* Da lauscht sie.

PAUL Dann fällt der Becher um.

LINDA Dann ist sie alleine.

PAUL Dann wird sie in die Fleischkiste gestopft.

LINDA So wie so.

PAUL Dann hetzt der Brummkreisel nicht mehr über die Tasten.

LINDA Nä, so wie so. Wir gehn automatisch.

I/28

WALTER *wie unter Druck von einem Bein aufs andere tretend* Werner, ich habe einen Fehler gemacht. Das ist doch aber albern, das ganze. Werner, sei mir nicht böse...

WERNER Warum nicht?!

WALTER Das werden wir lösen...

I/29

LINDA *spielt mit ihren Fingern über Pauls bloße Brust, sieht die Tätowierung lange an* Schwarz. Eine schwarze Blume.

PAUL Thaimohn.

LINDA Ist der schwarz?

PAUL Alle Farben, alle mischen sich in ihm.

LINDA Alle Farben aufs Mal? Nä, dann wär er ja schwarz.

PAUL Schwarz.

LINDA *begreift, was sie gesagt hat* Ach ja. *Sie leckt sich über die Lippen.* Ich hab die Lippen so trocken. Nä, wie dürres Holz.

I/30

WERNER Warum tust du so hinten herum?

WALTER Ich tu nicht hinten herum! *Immer unruhiger hin und her tretend.*

WERNER *bitter, sarkastisch* Das weiß ich.

WALTER Soll ichs mir zusammenreimen?

WERNER Moment!

WALTER Wenn du Linda verbunkern... Linda zerkratzen solltest...

WERNER Moment mal!

WALTER An-ge-nom-men!

WERNER Ist das meine Sache.

WALTER Soll ich ihr aus den Augen gehen?

WERNER Interessiert mich nicht.

WALTER Ich hab gedacht, du wolltest.

WERNER Nein. Wollt ich nicht.

I/31

OMA Erst floch der Zeppelin so niedrig, mit lange Schnüre dran bis auf die Erde... dann der... dann der... dann fror die Erde zu. Nun wird mit den Zähnen geknirscht. *Sie kichert. Pause.*

LINDA *zögerlich und geil* Bist du denn auchn bißchen... pervers?

PAUL *versteht nicht richtig* Außen?

LINDA Wie?

I/32

WALTER *unter größtem Druck* Ich muß... Pipi!

WERNER *kalt* Du mußt nicht Pipi.

WALTER Soll ichs mir rausschwitzen?

WERNER Willst dich wohl mit Linda heimlich treffen hinter der Blechwalzerei?

WALTER *verzweifelt* Ich muß!

WERNER *stur* Dann mach!

WALTER Hier?

WERNER An deinem Schwert will ich mich nicht ergötzen.

WALTER *verliert die Beherrschung* Aber die Linda vielleicht.

WERNER *nimmt die Brille ab* Sag das noch mal!

WALTER Das war nicht so gemeint.

WERNER Die Linda!

WALTER Spuck mich an! Spuck mir deinen Rotz ins Gesicht! Dann geb dich zufrieden.

WERNER *höhnisch* Mußt du also doch nicht.

WALTER *wütend* Ne schäbige Frisörlehre...

WERNER Zweihundert Bewerbungen!

WALTER Nicht mal die hast du ihr besorgt. Nur immer Fressen.
WERNER Ist nicht ranzukommen...
WALTER So?
WERNER An das Gewerbe. Die Ämter vermitteln nichts.
WALTER Quatsch!
WERNER Nichts mehr!
WALTER Die liegen alle hinterm Ofen, wie?
WERNER Bringt die Zeit mit sich. Was kümmerts dich.
WALTER Aber die Huren haben feine Frisuren. Und zwar täglich. Vorm Odeon.
WERNER Die Wissenschaft hat geforscht und entschieden. Macht... macht der liebe Gott. Die Frisuren.

Pause. Walter und Werner mustern sich auffällig irritiert.

I/33

PAUL *der nach seinem Hemd faßt, es aber nicht anzieht und blöde an den Knöpfen spielt* Glaubst du, ich ginge nicht? *Pause.* Ich gehe.
LINDA *fährt Paul gelangweilt mit einer Hand wieder und wieder wie einem bettligem Hund über den bloßen Rücken und sieht dabei wer weiß wohin* Bißchen gehen? Bißchen wiederkommen?
PAUL Niemals wiederkommen.
LINDA Aufm Hasenpfad. Immer in die Runde.
PAUL Heute ist der Tag.
LINDA Nä, schaffst du nicht.
PAUL Hör mal... hast du einen Spiegel?
LINDA Du fällst in die Hunsrück-Stuben... würfelst mit der Wirtin... nä, dann hockst du wieder hier. *Scharf.* Wetten, daß? Eine Flasche Rum.

PAUL Ach, Liebchen.

LINDA Jetzt sagt er Liebchen... Liebchen! nä, der zu mir. *Nüchtern, zu sich selbst.* Wenn schon Jungs... dann müssie dunkel! — dunkel sein.

OMA *zu Linda, aus den Zähnen* Fühlst du dich nicht wohl?

LINDA *leicht, zu Paul* Du bist ein Angstbeißer.

I/34

WERNER *auf Walters Geschlecht zeigend* Nichts?

WALTER *mißlaunig* Nichts mehr. *Pause.*

WERNER Ach, wie so manche Blumen nächtens herrlich duften...

WALTER Dufteten!

WERNER Dufteten...

WALTER Alles klar.

WERNER Was hast du gesagt?

WALTER Halbe Kühe fallen um im Stall.

WERNER *traurig belustigt* Das weiß ich.

WALTER Spuck mich an! Spuck mir deinen Rotz ins Gesicht! Dann geb dich zufrieden.

WERNER Ach, wie so manche Blumen nächtens duf... dufteten.

WALTER Ich schlepp dich auf die Fleischbank. Deine Gier nach Menschen macht uns kaputt!

I/35

LINDA *noch immer über Pauls Rücken fahrend* Eine Flasche Rum?

PAUL *dunkel entschlossen* Abgemacht. *Er schüttelt sich.* Das brennt.

LINDA Nä. *Sie nimmt ihre Hand von Paul, Pause.* Hauptsache, wir sitzen.

I/36

WALTER *hinter Werner her, der geistesabwesend müde im Kreise geht* Die Linda verläuft sich im Sand, früher oder später... oder wo. Doch auf jeden Fall. Nur von ihrem süßen Pfläumchen werd ich manchmal träumen.

WERNER Ich hab einer Frau im Winter die Hände in Milch gebadet...

WALTER *immer offener böse werdend* Paul spielt! Paulchen renoviert die gerade.

WERNER Die wurde in die Hochspannung gehängt.

WALTER Eingeschnurrt, mit dem Fuß im Kopf, hängt die da... na, so elend abgenippelt in den Drähten.

WERNER Schauen und allein sein zwischen ja und nein. Müde bin ich. Traurig.

WALTER Das wollt ich nicht.

WERNER In der Nacht knirschen die Zähne laut die Musik. »Dann hau doch ab!« Wohin denn überhaupt?

WALTER Wollt ich nicht.

WERNER Interessiert mich nicht.

WALTER Ich dachte bloß... ich spinne nicht, Werner. Sei mir nicht böse, — wenn du Linda verbunkern solltest, einbunkern, Werner, klar, das ist deine Sache... Hab ich was Verkehrtes gesagt?

Werner läuft weg und läßt Walter dumm stehen. Walter ist böse und verletzt, und während sich Werner nun auf einen entfernteren Stein setzt, springt Walter plötzlich, Werners vorherigen Anfall nachahmend, unter wildem Geschrei im Kreise und wirft sich auf den Boden.

I/37

OMA Walter.
LINDA Weiter.

I/38

Stille. Walter erhebt sich mühsam.

WALTER *gegen Werner* So bist du. *Er putzt sich verlegen den Staub von den Kleidern.*

I/39

OMA Der Walter, der. *Sie kichert.*
LINDA Der hat was von ner großen Spinne.
OMA Für mich ist der zerbrochen an seinem — *sie kichert* — schweißlosem Reichtum. *Naseweis.* Den hat der Reichsbund damisch gefüttert!
LINDA Nä! Es schüttelt mich.
PAUL *höhnisch* Und in der Nacht... liegt sie da und leckt der Spinne den Buckel.
LINDA Ich bin auch nicht der glücklichste Mensch.
OMA Der Walter darf stolz auf dich sein. *Sie kichert.* Gewaltig.

PAUL *streckt der Oma die Zunge raus* Bläh! *Stille. Paul geht zu dem Stein, hinter welchem der Sack liegt.*

LINDA *halb frech, halb furchtsam hinter Paul her* Angstbeißer! Die Flasche Rum, die steht.

OMA Was hab ichn nun bloß wieder falsch gemacht?

LINDA He! Krücke. *Pause.*

OMA Wenn ich nur wüßte, wo man heute Schnaps verschenkt.

Walter schleicht um Oma und Linda herum. Oma schneidet Grimassen.

Paul holt merkwürdig geheimnisvoll das Bündel aus dem Sack. Es ist in blaues Leinen geschlagen mit großen, fett-roten Kreisen darauf und gut verschnürt. Mit dem Bündel geht Paul zu Werner.

PAUL *setzt sich schweigend zu Werner; nach einer Weile* Setzt dir Walter zu?

WERNER Hinter uns schnarren die Kassen. Große Zahlen. Und vor uns lacht das Nein.

PAUL Du denkst zu viel, Zitrönchen.

WERNER Linda.

PAUL Die hat dich nicht mehr lieb.

WERNER Die hat mich lieb. Die weiß es bloß nicht.

PAUL Totlieb.

WERNER Und wenn ich der Walter bin? *Mit einer Geste auf Walter.* Also jener da...

PAUL Kannst du nicht du sein?

WERNER *krempelt einen Ärmel hoch und hält Paul einen Oberarm hin, in welchen die gleiche schwarze Blume tätowiert ist, wie Paul sie auf seiner Brust hat* Da, das ist eine Blume, schwarz auf meinem Arm. Deine schwarze Blume, Paul.

PAUL Ja. *Er streichelt Werners Kopf.*

WERNER Da drin... da drin... ist hin... Ist alles hin. Ja, Paul. Hin.

PAUL Schämst du dich?

II/2

OMA Kein Strom. Kein Gas. Um 1900... *Sie kichert, dann böse in Richtung Paul.* Ist son baumlanger Kerl, mein Paul, mit Arme wie junge Bäume. Und tut nischt...

WALTER *nähert sich Linda* Ein Blinder kommt zu einer Hure und will ihr das Gesicht streicheln. »Ich habe kein Gesicht«, sagt die Hure.

LINDA *gegen Walter* Nä, was bist du abgewichst.

WALTER Eine Hure und kein Gesicht? Ich muß es wohl glauben, denkt der Blinde. Und klopft sich mit seinem Stöckchen vorbei den Flurwänden entlang zurück auf die Straße.

LINDA *zu Oma* Hast du Geld?

OMA Ist Ultimo?

WALTER Wo er sich eine Tüte Pfirsiche beim Gemüsefritzen kauft. *Er faßt Linda an den Busen.*

LINDA Faß mich nicht so dreckig an.

WALTER Linda! Ich bin der Teufel.

II/3

PAUL *hat seinen Arm um Werner gelegt* Wenn ich so sitz und sitz und ewig sitz, und die Stunden wie Klumpen fest auf mir liegen... und selbst der Schnaps nicht mehr drehen hilft... da träum ich mir dann und baue... mir Tötungsmaschinen dann. Eine, Werner, habe ich erfunden, die die Haut vom Leibe schneidet und die offne Menschenwunde über scharfe Eisenhaken zerrt. Eine, die mit Giften voll... völlig voll... voll mit gelben Gas... bis die Lungen — aber über lange Tage — bis sie zerbrennen und das ganze Leben nichts als Tränenwasser ist. *Er sieht Werner groß an.* Frierst du? *Pause.* Guck nicht so feierlich.

WERNER Ich war mal — ist lange her — war ich mal in ner Folterkammer.

PAUL Sag nichts.

WERNER Du, da stehn Apparate.

PAUL Glaub mir, ich mag nicht so träumen, ich wills nicht. Aber es packt mich und zwingt mich... die ganze Welt mit meinen Tötungsmaschinen zu füllen. *Nah an Werners Gesicht.* Es macht mir eine widerliche... widerlich rasende Lust.

WERNER *mit einem langen Blick auf Paul* Dein Mund... ist gar nicht dein Mund. Und willst die Sterne mit ihm küssen.

PAUL Dummer Hund!

WERNER Zwischen Scheiße und Dreck. Zwischen Ja und Nein. Wos am zugigsten ist.

PAUL Gemeines Vieh!

WERNER Ich hab dich beobachtet. Du hast den Blumen am Bach die Zunge rausgestreckt.

PAUL Das Haus mit dem Schieferdach... *Er hält ihm das Bündel hin.* Machst du den Weg mit mir?

WERNER Der wird davon nicht kürzer.

PAUL Heute ist der Tag.

WERNER *sieht in den Himmel* Siehst du die geschornen Ziegenböcke durch die Wolken jagen?

PAUL Im Kino gibts einen Motorradfilm. Mit Musik.

Stille.

II/4

LINDA *während Walter erneut merkwürdig devot und lüstern zugleich um Linda und Oma streicht* Überhaupt und überhaupt möcht ich mal wissen, was überhaupt am Leben ist... fürn Menschen... hängt. *Scharf, zur Oma.* Rutsch!
OMA Einer hat gesagt, ein Seelchen, das einen Leichnam trägt.
LINDA *denkt nach* Nä, welchen Leichnam wo?
OMA Ich habs gelesen. Ihr lest ja nichts! *Sie kichert.* Leben ist schaffen.
LINDA Anschaffen...
OMA So, wie du aussiehst...
LINDA *stößt die Oma* Hopp! Rutsch! Häpp!
WALTER Häpp! Häpp! *Er stößt die Oma grob von dem Stein, setzt sich zu Linda.* Sowas will geschoben sein.
LINDA Dreck zu Dreck. Da liegt sie gut!
OMA Paul!
LINDA Nä.
WALTER Wirklich.
OMA *schreit* Paul!

II/5

Paul verzieht das Gesicht, als würde er augenblicks loswei- nen. Werner grinst breit.

WERNER Totlieb.
PAUL Du hast Angst vor mir.
WERNER Eine alte Geschichte.

Paul läuft zu dem Sack, steckt das Bündel wütend zurück.

II/6

OMA *liegt wie ein Käfer auf dem Rücken* Paul!
LINDA *zu Oma* Du Dreck! Du!
WALTER *faßt frech die Linda an* Pfirsiche.
LINDA Ich...
WALTER Du bist überhaupt nicht vorhanden.
OMA *kichert* Ich bin der Dreck, der sprechen kann.
WALTER *läßt plötzlich von Linda ab und sieht zu Werner hinüber* Ja...

Paul geht zur Oma, die keinerlei Anstalten macht, aufzustehen.

II/7

WERNER *spricht, als säße jemand neben ihm* Ja. In Nöthen wurden wir... Freitag... Freitags... in der Sankt Willibrord... Willibrord-Kirche... *Er bemerkt, daß er alleine ist, und sieht lange zu Walter hinüber* —... getraut.

II/8

PAUL *nimmt die Oma hoch auf seine Arme* Ich habe zwei Nächte nicht geschlafen!
OMA *schreit* Paul!
PAUL Kein Schnaps?
OMA Wenn man sich nicht rührt?
PAUL Ich will Schnaps!
OMA Dann hol Schnaps. *Sie kichert.* Leere Flaschen machen mich nicht froh. *Paul trägt die Oma zu dem Sack hinüber.*

II/9

WALTER *fast ruft er zu Werner hinüber* In Nöthen. *Er lacht dreckig.*

LINDA *Walter betrachtend* Was bist du schön... häßlich! Nä, so geil...

WALTER Das Hochzeitsbett schrabt durch die Kirche. Drauf liegen zwei Menschen mit Tierleibern.

LINDA Aber dunkel!... dunkel bist du auch nicht.

WALTER In der Nacht bin ich grün.

LINDA *sieht Walter lange an* Einmal!... will ich alles spüren...

II/10

PAUL *setzt die Oma grob auf den Sack* Da sitz, Oma, still. Gut still. Und behüt mir das Bündel. Heut will ich brauchen, was drin ist.

OMA *sitzt gleichgültig auf dem Sack* Bist man heutn bißchen knurrig, Paul.

PAUL *sehr ernst und nah vor Omas Gesicht* Woher hast dus?

OMA Weißt du doch.

PAUL Also?

OMA Nichts also. Im Asyl hab ichs mitgehen lassen. *Sie kichert.* Bloß Schnaps war auch keiner drin.

PAUL Was du nicht sagst. Warte. *Er geht zu Walter und Linda. Walter, der von dessen Blick nicht loskommt, geht zu Werner. Paul ruft hinter Walter her.* Ich tu dir nichts. *Er steht vor Linda, streicht ihr durch die Haare und sieht sie an.*

II/11

WALTER *gespielt devot zu Werner* Soll ich dir aus den Augen gehn?
WERNER Nein.
WALTER Ich habe einen Fehler gemacht.
WERNER Weiß ich.
WALTER Mit Scheiße geschmissen.
WERNER *gereizt* Das weiß ich!
WALTER Alles klar.
WERNER *müde* Warum nicht.
WALTER Ist nun schon lang vorbei.

II/12

OMA *kichert, halb zu Walter hinüber* Gestern findet übermorgen statt.

II/13

WALTER Was man nicht weiß, macht auch nicht heiß.

II/14

LINDA *die sich in Pauls Armen wiegt* Die Frau, die lachend zum Mann ins Bett steigt, — wo gibts die noch? Ich koste siebzig Mark. Ab neunzig lache ich.
PAUL Lach also. Lach!

Linda verzieht keine Miene.

II/15

WALTER *steht vor Werner; verknufft zu Paul und Linda hinüber* Das macht dann bitte neunzig Mark.

II/16

LINDA *zu Walter hinüber* Mann! Bist du mein Verkaufsmann?
PAUL Dein Begrabmann.
LINDA *während Paul sie mit Küssen bedeckt* Ich will vom allgemeinen Raub nicht bloß den Staub, während alles fett im Gold steckt bis zum Hals.
PAUL Die Wege kehren sich um.
LINDA Paul.
PAUL Der Anfang wird zum Ende.

II/17

WALTER *setzt sich zu Werner* Mußt du Kröten schlucken... Bünde.
WERNER *den Tränen nahe, leise* Linda. Hab doch Erbarmen.

II/18

LINDA *neigt ihren Kopf zu Pauls Brust* Ist da das Herz?
PAUL Links.
LINDA Thaimohn. *Sie küßt Pauls Brust.*
PAUL Es riecht nach Menschenfleisch.

II/19

WALTER Ja. Es gibt Klopse.

II/20

LINDA Außerhalb der Städte — in den Randbezirken — stehen Fabriken. Da tut man heimlich Gold zersägen. Bis die Fabriken... versinken.

PAUL Ich habe Leichen gesehen. Bunte, männliche Leichen mit Schwänzen aus Glas.

LINDA Dorthin laß uns gehen.

PAUL Ein andermal. *Er läßt Linda fahren und schlägt in die Hände.* Tanz, Schlange. Tanze!

LINDA Ich liebe dich.

II/21

WALTER Ist wie im Kino.

II/22

PAUL Woher kommst du?

LINDA Niemand hat versucht, mir das zu sagen.

PAUL Vielleicht aus Zwischenhausen. *Er schlägt weiter rhythmisch die Hände, während Linda sich liebkosend mit den Händen über den Körper streicht.*

LINDA Aber durch die langen Nächte
stolpern schrecklich alte Männer.
Lachen nicht und singen doch.
Halten Fackeln in den Fäusten.

II/23

WERNER *schreit* Ihr! Macht das nicht mit mir!
WALTER *devot* Ich kann dir einen Tip geben...

II/24

PAUL Das Haus mit dem Schieferdach...
LINDA Puh! Sind alle tot.
PAUL Euleeichenburg.
LINDA Fall nicht ins Denken.

II/25

WERNER Ich bring sie um. Bevor die mit Paul geht...
WALTER Sie wills mit vielen treiben. Mit Paul. Mit mir. Vielleicht sogar mit Schwänen.
WERNER Mein Leben ist auch das eurige. *Er blickt wild in die Runde.* Sowas gehört nicht in die Welt!
WALTER Das ist eine Tagesreise.
WERNER *selbstmitleidig, bitter* Dann kommt keine mehr.
WALTER Dann wird es schön. Dann weht ein Strumpf im Wind. Dann fällt ein Finger heraus. Und ich werd meine Schwester besuchen, die auf der Autobahn vor Kiel statt auf die Bremse aufs Gaspedal gestiegen ist.

II/26

OMA Wenn ich nur wüßte, wo man heute Schnaps verschenkt...
WALTER *zur Oma hinüber* Ruhig!

II/27

WERNER *springt von dem Stein, läuft zu Linda, drängt sich nah an ihr Gesicht* Es ist ein erhabenes Gefühl, Herr über Leben und Tod zu sein.

LINDA Ach Herrje. Nä! Dein Buckel... eklig.

WERNER *dreht sich nach Walter um, starrt ihn an, schreit* Melle! *Walter schweigt. Werner kriecht förmlich zu ihm zurück und setzt sich wieder auf den Stein.*

II/28

PAUL *stiert seine offenen Hände an* Ich möchte mal... ja, was heißt: ich möchte mal... Ich möchte mal in einer anderen Zeit leben.

LINDA Im Mittelalter.

PAUL Ja ja...

LINDA Ist abgesoffen, das Mittelalter. In einem deutschen Karpfenweiher. Hat der Herr Fischmeister gut im Aug. Ach, ich muß sagen, es ist mir eigentlich egal.

PAUL Hagen, der! Der hätt ich sein mögen.

II/29

OMA *ruft* Der Siegfriedmörder. *Sie kichert.* Dann muß ich wohl der Lindwurm sein... auf dem Schatze.

II/30

PAUL Auf Etzels Burg. Das muß ein Schlachten gewesen sein. Bis an die Hüften steht das Blut...

LINDA Früher und noch früher. Nä, dabei ist früher jetzt. Nur weiter weg...

PAUL Stachel mich nicht auf!

LINDA *sie hat einen Lippenstift herausgezogen und malt ihm die Lippen rot* Ist ja nur ein Spiel...

PAUL Du Tier.

LINDA Ist es schön? *Pause.* Paul! *Paul schweigt.*

II/31

WALTER *der für Paul antwortet* Das kann man nicht bezahlen.

II/32

LINDA Na?

II/33

WALTER *ruft wieder für Paul* Ja!

II/34

LINDA *zu Paul* Du hast geile Lippen. *Pause.* Spinnen ekeln mich. *Immer dicker und breiter bemalt sie Pauls Lippen.*

II/35

WALTER *kriecht nahezu in Werner hinein* Werner, ich kenn da ein verrufenes Häuschen in der Stadt. Da werden zwölfjährige Mädchen... Mandelmilchgeschöpfe! Schwefelaugen! – na, Flüchtlingskinder aus Vietnam mit ner queren... du kennst das Obst...

WERNER *rutscht von dem Stein* Ich hab was vergessen. Wie die Liebe sich fühlt, das hab ich vergessen.

WALTER Warte. *Er steigt zu Werner herab und küßt ihn.* Das war ein Kuß.

WERNER Werde bitte nicht lästig. *Er geht wie betäubt in großen Kreisen über die Szene.*

WALTER *immer hinter Werner her* Küß zurück!

WERNER Ich schlage zurück.

WALTER Meine Küsse brennen süß.

WERNER *spuckt Walter ins Gesicht* Da hast du was.

WALTER Willst du lieben? Und willst nicht küssen?

WERNER *schreit* Ohne Kopf! Nur den Rumpf... *Er läuft im Kreis und Walter unermüdlich hinterher.*

II/36

PAUL Stell dich in den Wind.

LINDA Wo die gelben Lampen tanzen. Nä, im Stadtwind.

PAUL Lass dich von den Winden lecken.

LINDA Die Lippen mal ich dir... alte Tränen unter deine Augen. *Sie malt rote Kreise in Pauls Gesicht.*

II/37

OMA *hat ihren Platz auf dem Sack verlassen und geht herum, von leerer Flasche zu leerer Flasche; wo sie einen Rest findet, zögert sie nicht lang, setzt an und trinkt ihn aus* Eine Flasche Wein ist viel. Drei Flaschen Wein sind mehr. Als zum Beispiel eine Flasche. Heute leben, morgen leben. Ich habe zwei Tage... zwei Tage haben wir ununterbrochen getrunken. Jetzt um vier... ist doch vier... ist ja immer vier... ist der Rotwein alle. Ende. Aus. Puff. Vorbei. *Sie geht wieder zum Sack zurück.* Ausgeschleckt. *Sie kichert, setzt sich.*

II/38

WALTER Werner! Diese Mandelmilchgeschöpfe mit der queren... du kennst das Obst!...
WERNER Interessiert mich nicht!

II/39

PAUL *ohne sich Lindas zu erwehren* Dein Pusslapuss macht mich blöde!
LINDA Paul. Ich will mit dir gehn...
PAUL Und dein Mann?
LINDA Ist nicht mehr mein Mann.
PAUL *ruft* Werner!
LINDA Du Schwein.
PAUL Und?
LINDA Ich liebe dich.
PAUL Und? *Er schlägt ihr eine Hand ins Gesicht.*
LINDA Laß mich mit dir gehn.

PAUL Und? *Er schlägt ihr wieder die Hand ins Gesicht.*

LINDA *die keine Anstalten macht, sich zu schützen noch zu wehren* Gar nichts. *Bettelnd.* Paul.

PAUL Lauer hier nicht herum. Schlammstute! *Er schlägt sie.*

LINDA Tut weh, Paul. Nä, das tut weh.

PAUL Geh Regentropfen sammeln.

LINDA Bitte. *Stille. Paul und Linda sehen sich an.*

II/40

WALTER *an Werners Fersen* Diese queren Pfläumchen werden von zwei Teppichtürken scharf gemacht. Bis die Lusthäutchen, Werner! bis die platzen. Dann...

II/41

LINDA *leise* Paul... reiß mir die Augen aus! Magst du mich... zerschneiden? Tus, wenn du der Blutmann bist. Ganz mit Blut verschmiert kannst du mich... sollst mich lieben, bis ich satt bin. Einmal will ich alles spüren!

PAUL Halt den Wörterkübel zu! Kuh!

LINDA Paul! Wir rauben Kirchenschmuck und alte, große, bunte Vasen. Später, gleich. Wenn das Mittelalter wieder kommt. Paul! Wir schlagen uns ein Loch in diese Welt, um sie zu verlassen.

Paul zieht Linda zu sich und reißt ihr die Bluse hoch bis unter den Busen. Auf Lindas Bauch eine große, frische Narbe.

II/42

WALTER *an Werners Fersen* Bis die Lusthäute platzen, Werner. Dann...

II/43

PAUL *auf die Narbe* D a s mußt du erstmal mit Mäkap verschminken!

II/44

WALTER Kann man die für ein lächerliches Geld lieben, Werner. Lieben! Warum läufst du weg?

Werner läuft zur Oma, schlägt seine Arme über den Stein und birgt das Gesicht darin.

II/45

PAUL Das stört mich!

II/46

WALTER *steht da, hinter Werner her* Jetzt läuft er weg.

II/47

PAUL *zynisch, zu Walter* So ne große Narbe! *Zu Linda.* Hast du Kaiserschnitt gehabt? Stört mich. Siehst du.

WALTER *tritt zu Paul und Linda* Widerlicher Schnitt.

PAUL Das stört uns! Das mußt du mit... da mal dicke Puder streuen.

LINDA *leise* Oma.

PAUL Dreh dich um! *Er dreht sie mit dem Rücken zu sich.* Deinen weichen Körper...

LINDA *noch leiser* Oma.

WALTER Oma schläft. Laß das Kind mal schlafen.

PAUL *zu Walter* Sieh dir das bloß an. *Er ruft zur Oma hinüber.* Schlaf! schöne Oma. *Er wendet sich wieder Lindas Rücken zu.* Hast du Pickel? Zeig mal. Hinten...

WALTER Hintern?

PAUL Hinten!

WALTER Auf dem Hintern.

PAUL Auf dem Rücken.

LINDA Aber nicht sehr viele.

WALTER Fünfundneunzig. Oder so.

PAUL Die hat Pickel auf dem Rücken.

WALTER Frißt ja massig Currywürste.

PAUL Sieh dir das bloß an!

WALTER Faules Fleisch.

PAUL Bläh.

Stille.

Walter und Paul lassen von Linda ab. Linda ordnet geistesabwesend ihre Kleider und schlurft zu einem anderen Stein, auf den sie sich dann müde und angewidert setzt. Walter kommt ihr nachgekrochen. Paul starrt seine Handflächen an, lächelt komisch und fängt dann laut an zu pfeifen.

II/48

OMA *vor sich hin, aber an Werner gerichtet* Dresden war schlimmer. Dresden. Nie vergessen. *Sie kichert.* War ich dabei.

WERNER *leise* In der Höll... werden die Bäume gefällt...

OMA *überhört es* Die neue Zeit, die alte. *Sie kichert.* Das sind keine Menschen.

WERNER Ich hab einer Frau im Winter die Hände in Milch gebadet...

OMA Hast du Grippe?

II/49

WALTER *höhnisch auf Linda einredend* Ich werde petzen! Wie willst du herumlaufen? So? Etwa so? So verpickelt? Im schönen Hunsrück? *Zu Werner hinüber.* Ja, Gott sei Dank mause ich die nicht.

II/50

PAUL *tritt laut pfeifend zur Oma* Zwei Hälften hat der Stein. Eine stumpf und dunkel. Eine scharf und hell. *Er pfeift wieder, tritt hinter Werner, der noch immer den Kopf in seinen Armen birgt, stiert ihm pfeifend in den Rücken, dann.* Ich haß dich wie die Pest. *Er schlendert pfeifend zu Walter und Linda, dabei über die Schulter zur Oma hin.* Helle Flocken. Dann tanzt der Stein den Tod. *Er tritt pfeifend vor Walter und Linda hin.*

OMA Man weiß es ja nicht. *Sie kichert.* Man sagt es ja nicht.

II/51

PAUL *steht pfeifend vor Walter, plötzlich schreit er ihn an* Heta din Va Hitler?!

WALTER Ich... nichts verstehen.

PAUL *schreit noch lauter* Heta din Va Hitler?! Heta-din-Va-Hit-leeerr?!

WALTER Meine Mutter ist kriegsbeschädigt.

PAUL Heißt dein Vater Hitler?!

WALTER Ist tot.

Paul bleibt vor Walter provozierend stehen, pfeift wieder.

II/52

OMA *erhebt sich mühsam* Kein Strom. Kein Gas. *Sie kichert, tritt nah zu Werner.* Hattest du nicht eine Uhr?

WERNER *ohne sich zu rühren* In meiner Tasche.

OMA Gib mir deine Uhr. Wozu brauchst du eine Uhr? Du brauchst keine Uhr. Wir brauchen Schnaps. Der Rotwein ist alle. Ich will sie ins Pfandhaus tragen.

WERNER Faß in meine Hosentasche.

OMA Ja, der Werner! Der ist hell. Bist ein feiner Bursche. *Sie faßt Werner tief in beide Hosentaschen.*

WERNER Paß auf. Das Glas hat einen Sprung.

OMA *erstarrt* Hab ich mich erschrocken. Jetzt ist es zerbrochen. Wie ist das bloß möglich?!

WERNER Die Wärme...

OMA Vermutlich. Die Wärme... Mißwirtschaft! Planwirtschaft! Kinkerlitzchen! Die Industrie will nicht mehr sauber arbeiten. Das feine Ührchen... *Vorsichtig zieht sie ihre Hände aus Werners Hosentaschen, da sind sie voller roter Rosenköpfe.* Rosen! Rosenköppe...

WERNER *eindringlich* In der Höll!... werden die Buchen gefällt.

OMA *sieht aufgeregt zu Paul hinüber, dann zieht sie Werner neben den Sack* Jungchen. Was du nicht sagst. Warte. *Sie wühlt in dem Sack nach dem Bündel, dabei leise.* Mein Paulchen... soll mir bleiben... *— sie kichert —* wird er mir.

WERNER *mit plötzlich schwerer Zunge* Was?

OMA *läßt den Sack, nah an Werners Gesicht* Vier tote Menschen im Hunsrück. *Sie kichert.* So steht es geschrieben. Du, nicht Paul! Du!

WERNER Ich.

OMA Du schickst die lumpigen Leben in die Milchstraßäh.

Werner steht verwirrt da, während sich Oma wieder dem Sack zuwendet.

WERNER Töten.

OMA *mit dem Kopf tief in dem Sack, der sehr groß zu sein scheint* Kerlchen, ja! *Sie kommt mit dem Bündel wieder aus dem Sack und stopft es Werner, der es sich dumpf gefallen läßt, unter die Joppe.* Sprich nicht von.

WERNER Der Ring des Jupiter ist weg.

OMA Schwarze Stifte — Kinderfarben zur Not! — wirst du brauchen.

WERNER *in merkwürdig übersteigertem Einverständnis mit Oma* Ein gerußter Kork tuts auch.

OMA Noch der kleinste weiße Fleck muß verschwinden im Gesicht.

WERNER Wenn es aber regnet?

OMA Regnet nicht. *Wie betrunken zischelt sie auf Werner ein.* Du bist Säms Sohn. Gott halte seine schützende Hand über dich.

WERNER Siebzig.

Pause.

OMA *drängend, mit einem heimlichen Blick auf Paul, der noch immer leise pfeifend vor Walter und Linda steht* Kerlchen, geh!

WERNER *starrt blöd ins Leere* Gehen. *Er rührt sich nicht.*

LINDA Die kein Glück haben, haben Pech.
PAUL Warum plapperst du mir immer alles nach?
WALTER Weswegen? Na!
LINDA Klar.
PAUL Was?
WALTER Was?
LINDA Du hast mir erzählt... von Holland, nä, hast du mir erzählt. Als ich hinter dir her und weg von Werner lief.
WALTER Holland ist die Verlängerung von Westfalen.
LINDA Da gibt es nicht den großen Angstmotor. Auf den Wiesen in den Städten kann ein jeder... nä, x-beliebig... Ach, zum Beispiel eine Spritze drücken. Träumen.
PAUL *legt Linda schwer eine Hand auf den Kopf* Manchmal komme ich an einem Haufen Fleisch vorbei und finde ein altes Gesicht. Da flicke ich dann ein bißchen daran herum. Ja, ich flicke alte Gesichter zusammen.
LINDA So wie so, nä, kann ich nicht, kann ich Holland mir nicht leisten. Ich kucks mir eben auf Zeitungsbildern an.

Stille. Werner tritt zu Walter, Linda und Paul.

WERNER In der Willibrord-Kirche spielt die Orgel.
LINDA *zu Paul, der noch immer seine Hand auf ihren Kopf drückt* Mein Kopf...
OMA *zischt zu Werner hinüber* Jungchen, geh!
PAUL So elend. *Er nimmt seine Hand von Lindas Kopf.* So elend bist du.
WALTER In Holland ist die Bahn entgleist.

WERNER Ein Lokomotivführer aus Holland, son gelernter Maschinist, der ab und an mit seinem kleinen Bruder nach Meppen rüberfährt, — der spricht auch fließend deutsch — der hat kein Geld gehabt und wollt essen. Hat bloß das Geld gefehlt. Wegen irgend so einer bekloppten Geldinflation hat der kein Geld gehabt und wollte essen. Spricht fließend deutsch. Zieht der seinem kleinen Bruder — ohne den zu fragen — die Hose vom Arsch. »Hier steht, mit einem Revolver im Sack, ein nackter Mann«, sagt der und bestellt mit dem Revolver das Essen. »Aber nein, aber nein!« — piepst der kleine Bruder, »ach, mein großer Bruder, der ist Maschinist, ja, gelernter Maschinist.« »Erstmal wollen wir ein Huhn.« Sagt der Maschinist. *Er lacht wild.*

Stille.

PAUL Hast du schon mal geliebt?
LINDA Nein!
PAUL Mit dem Fleisch?
WALTER Hast du?
WERNER Die schlanke Frau Rüss. Die.
LINDA Angeblich stinkt Scheiße nicht.
WERNER Weil sie so süße Sommersprossen hatte.
WALTER *zu Linda* Heißt du Rüss?

Pause. Paul mustert verächtlich Werner.

WERNER Du hast Linda geküßt.
PAUL Den verdreckten Schnippsel.
WERNER Nicht Blut, — Eis hat deine Mutter in dich geschüttet.
PAUL Du hättest Kellner werden sollen.

WERNER *reicht ihm das Bündel* Denk an die Ziegenböcke, oben. Mit dem Tod im Bauch.

PAUL Du — *er nimmt das Bündel, atmet tief* — wirst den alten Schatz nicht tragen...

WERNER *kreischt beinahe vor Hohn* Aber du!

Paul geht langsam zur Oma, setzt sich zu ihr auf den Sack. Pause.

LINDA *über Werner zu Walter* Der hat noch nie im eigenen Bett einer Frau in die Mitte gestochen.

III/2

OMA *ohne Paul anzusehen* Knirsch nicht mit den Zähnen!

PAUL Gib mir deine kalte Hand. *Er nimmt sich Omas rechte Hand, Oma schneidet Grimassen.*

III/3

WALTER *zu Werner* Sie will dich lieben. Jetzt gleich muß sie.

WERNER Ich kann nicht lieben.

LINDA *zu Werner, undurchsichtig warm* Ich denke, ich soll dich lieben.

WALTER Sie will dir alles zeigen, was die Liebe kann.

LINDA Hinter der Blechwalzerei, nä, weiß ich ein schönes Plätzchen Wiese.

WERNER Von einer Minute auf die andere...

LINDA Mit Schlehen drum herum.

WALTER *zu Werner* Ja.

LINDA *zieht Werner zu sich* Ich bin kein kleines Mädchen.

WALTER *zu Linda* Spaß machts auch hinter der Blechwalzerei.

LINDA *schlingt ihre Arme um Werners Hals* Du darfst mich nackt sehen.

WERNER Jetzt? *Stille.*

LINDA Der Tag wird nicht alle.

WERNER Deine Brüste sind welk. Wasn Wunder, bei diesem Uraltleben. Aber, Linda, das kriegen wir schon. Ich lieb dich in die Sonne. Hat Walter nicht geschafft. Linda. Bist du meine Alte?

LINDA Werner, ich hab seinen Schnee ge-fres-seeen. Seinen Schnee. Seinen Samen, Werner.

WALTER Das wollte er nicht wissen.

LINDA Ist schließlich lange her.

WALTER Gestern nacht muß das gewesen sein.

WERNER Ich faß dich an. *Er gräbt sich in Linda hinein.*

WALTER *tut es Werner gleich, Linda läßt es sich gefallen* Die ist, Werner, ich dachte, die war — die i s t deine Alte... ich dachte, das w a r deine Alte... i s t deine Alte... ich kann nicht so schnell schalten. Was soll im Spaß mein Hirn da denken... ich dachte, wenn dich deine Alte verleugnen sollte, betrügen... ich weiß das nicht...

LINDA Du kannst mich anfassen.

WALTER Ich?

WERNER Ich?

WALTER Ich doch nicht. Ist deine Sache. Ich dachte bloß — Mensch, ist das so schlimm — ich dachte, das w a r deine Alte, Werner. Was man nicht weiß, macht auch nicht heiß. Wenn du deine Alte verteilen solltest... was heißt, verteilen — verleugnen solltest... d i e ist deine Alte... ich hab bloß gedacht, du wolltest... nein, wolltest du nicht, Werner... wolltest sie nicht teilen... ich kann nicht so schnell schalten, ich nicht. Ist meinen Sache, weiß ich, Werner... ich habe nur gefragt...

LINDA Warum fragst du so verlogen?

WALTER *zu Werner* Ihr Schweiß riecht gut.

WERNER Roch schon feiner.

LINDA Riech mal da. *Sie streift einen Ärmel ihrer Bluse zurück, und hält dann den nackten Arm hoch. Werner und Walter riechen an Lindas Achsel.*

WALTER Wie das riecht. *Er zieht den Geruch süchtig ein.* Wenn man das nur fressen könnte.

WERNER Trinken.

WALTER *in der Achselhöhle Lindas, nah vor Werners Gesicht* Ich habe nur gefragt. Ich habe einen Fehler gemacht, Werner. *Pause.* Obwohl ich das nicht so gemeint habe, habe ich eben einen Fehler gemacht.

WERNER Du hast einen Fehler gemacht.

WALTER Ich habe einen Fehler gemacht.

Stille. Werner und Walter riechen an Linda und begraben sie unter ihren unzähligen, vor Verlangen fast groben Berührungen.

III/4

PAUL *der Omas Hand nicht läßt und in der anderen das Bündel wiegt* Du hast es Werner gegeben...

OMA Spielzeug, Paulchen, alles Spielzeug, altes. *Sie kichert ängstlich.* Krimskrams. Schlaf erstmal ne Runde.

PAUL Das Haus mit dem Schieferdach... *Er läßt Omas Hand.* Dort will ich sie besuchen. *Er hält Oma das Bündel vors Gesicht.* Damit!

OMA Ist wertlos, Paul, für dich. Schmeiß es in den Mühlbach. *Sie kichert.* Einer hats geschnürt. *Müde.* Er tat es nicht für dich.

PAUL Ich muß... endlich mich gespiegelt sehn im Blute... das ich zog, das ich ziehe... wien glattes, rotes Tuch. Ihre nackten Leiber sollen bluten... bis ihr Blut mich in die Erde senkt.

OMA *voll Spott* Napoleon hätte gesagt: wenn der Urwald brennt, tanzt der Affe große Kür.

PAUL Gott und die Welt. Der Arsch und das All. *Er legt der Oma die flache Hand auf den Mund, flüstert.* Mein Vater heißt Hitler.

OMA Fällt dir nichts Besseres ein?

PAUL *küßt die Oma auf beide Backen* Kuck nicht so feierlich.

Paul geht von Werner, Walter und Linda unbeachtet ab.

OMA *schreit* Paul! Bleib! *Sie muß husten.* Oder nimm mich mit. *Sie schluchzt.* Bin ja deine Oma... *Sie rührt sich nicht von der Stelle.*

III/5

LINDA Jeden Abend Zeitvertreib.

WALTER Der Bräutigam verliert im Morgengrauen seine Frau, weil sie ihn gleich nicht ins Bettchen läßt. Was soll der Mensch sich darauf reimen? Ich hab gedacht, du wolltest... nein, wolltest du nicht... soll ich Linda aus den Augen gehen? Werner, entschuldige, ich habe mich entschuldigt. Nein, nein. Nein! Nein, Werner, ich habe einen Fehler gemacht, sei mir nicht böse, Werner, ich habe einen Fehler gemacht. Das Ganze, das ist albern, das Ganze. Vergessen wir das ganz. Ich dachte bloß, ich spinn ja nicht, Werner... sei mir nicht böse... wenn du deine Linda verbunkern solltest... hab ich was Falsches gesagt?... Werner, ist das deine Sache. Ich habe mit Scheiße geschmissen. Das ist schlimm... das war nicht so gewollt... gemeint... wenn du nicht teilen willst... bitte... aber bitte... ich will es nicht wissen. Nein, deine Gier... von der wollt ich nichts wissen... die ist deine Alte... das war deine Alte... ich kanns mir nicht zusammenreimen. Eure Sache, eure Sache. Soll ich ihr aus den Augen gehen, wenn sie nach mir schreit und mich und dich und Paul nicht meint... sei mir nicht böse... mein Schnee... weiß ich, weiß ich... mein Samen... ich habe mich, Werner, ich habe mich in dieser Angelegenheit entschuldigt... ich habe einen Fehler gemacht! Ich wollte nichts wissen... ich will auch nicht stören... Das Ganze ist ja albern. Vergessen wir das Ganze. *Stille. Werner und Walter lassen nun — von ihren Liebkosungen erschöpft — von Linda ab. Sie sitzen eine Weile stumm da. Zu Werner.* Hast du mich verstanden?

WERNER Ich habe dich verstanden.

WALTER *eindringlich* Hast du mich verstanden?

WERNER *gereizt* Ich habe dich verstanden. *Pause.*

WALTER *verzweifelt* Hast du das verstanden? *Pause.*

WERNER *schreit* Ich ha-be es verstanden! *Pause.* Ich habe es, um ehrlich zu sein, nicht verstanden.

WALTER Soll ichs dir nochmal erklären?

LINDA Nur die beiden, nä. Wo die beiden zusammen kommen, geht es nicht weiter.

WALTER *zu Werner* Ich erklär es dir nochmal. Nein, nein. Nein, Werner. Man muß sich sowas zweimal anhören. Zweimal, Werner. Dann beginnt der Verstand erst zu denken.

LINDA Meine Schwester lebt in Leipzig.

WERNER Wenn man etwas vermißt, — mit immer mehr Unruhe — wird das keiner glauben.

LINDA Die hat ihr Auskommen.

WERNER Mehr und immer mehr Unruhe — die glaubt dir niemand.

LINDA Die war schon in Venedig, Mailand, Warschau und Reykjavik.

WERNER Eine Quelle, eine heimliche Quelle muß da sein, die sie hervorbringt.

WALTER *zu Werner* Ich hab gedacht, du wolltest... nein! wolltest du nicht.

WERNER Hochspült.

WALTER Du liebst die Linda, ich... *Er hat Werner mißverstanden.* Ich spiel nichts hoch. Nein.

LINDA Die bösen Menschen. Was heißt Leben. Ich weiß es nicht. Nä, ich bleibe monoton.

WALTER Die ist, Werner, ich dachte, die war deine Alte. Deine Alte. Meine Alte. Ich weiß es nie... es hat keinen Sinn.

LINDA Es geht nicht hoch, es geht nicht tief. Grundstimmung: leere Kegelbahn. Mir fehlen die Jahrzehnte.

WERNER Unsere Eltern haben Deutschland zerstört. Aber unsere Eltern haben Deutschland auch wieder aufgebaut.

LINDA Nä, unsere Eltern waren Mörder.

WALTER Du bist ja nicht im Kopf. Das waren Krieger.

LINDA Ich möcht mit mir nicht tauschen.

WERNER Ja, ja. Ich habe keinen Schrei mehr frei. *Stille.*

LINDA Winterurlaub — sagt mir nichts.

WALTER Vielleicht wirst du mal Weltreisende. Dann schaffst du dir ein Flugzeug an.

LINDA Ich hab ja Pickel auf dem Rücken.

WALTER Fünfundneunzig. Oder so. Lächeln, lächeln, Werner. Lachen!

LINDA Meine Schwester... nä. *Pause.* Aber frische Matjes schmecken toll.

WALTER Stopf dir meine Zunge in den Mund. *Er streckt Linda die Zunge hin.*

LINDA *reagiert nicht auf Walter* Nä, der Bahnbus hält doch hinwärts vor der Brücke?

WALTER Willst du in die Stadt?

LINDA Nach Nöthen. *Sie lacht.*

WALTER Die tickt nicht sauber.

WERNER *zu Walter* Fünfhundert Bewerbungen und mehr hab ich für die geschrieben. Aber die! — wollt überhaupt nicht Frisöse werden. Besser, ich hätt das Luder nie gesehen, dann säß ich nicht hier.

WALTER Du sitzt aber hier.

WERNER Ein Weib ist ein riesiges Loch, das man endlos stopfen muß, bis man endlich drin verschwindet.

WALTER Meine Zunge will sie nicht.

WERNER So sind die Weiber. Alle! Ich bin nicht blöd.

WALTER Die Linda wird uns Pellkartoffeln machen. Mit geschmolzener Butter.

WERNER Die kann nicht Pellkartoffeln machen. Die kann gar nichts.

WALTER Ich esse Pellkartoffeln so gern.

WERNER Was reg ich mich auf.

WALTER Reg dich nicht auf.

LINDA Ich bin gerade tot.

Pause.

OMA *schlurft zu Walter, Werner und Linda hinüber, baut sich vor Linda auf* Kein Strom. Kein Gas. *Sie kichert.* Um 1900.

LINDA *zur Oma* Was isn das fürn Blick?

OMA Ich denke ja manchmal an dich. *Sie kichert.* An deine Zigaretten.

LINDA Und was denkst du da?

OMA Gib mir eine Zigarette.

LINDA Ich?

WALTER Gib ihr eine Zigarette.

LINDA *gibt der Oma eine Zigarette* Alte Rippe.

OMA *zündet sich die Zigarette an, und pafft wild* Heute trinken, morgen trinken. Schnaps! Der Rotwein ist alle.

LINDA Eine Flasche gelbe Brause kostet fünfzig Pfennige.

OMA Soll ich fasten, bis ich Ausschlag kriege?

LINDA Paul muß zahlen.

OMA Paul ist fort.

LINDA Bist du tranig?

OMA *hustet* Was sindn das für Zigaretten?

LINDA Schmeckt sie nicht?

OMA Alles, was auf den Tisch kommt. *Sie kichert.*

LINDA No name. *Oma pafft, Stille.*

WALTER Mein Buckel brennt.

OMA Kommt anderes Wetter.

WERNER Aber nüchtern sind wir. Oder?

WALTER Im Kopf?

WERNER Im Kopf, ja. Sind wir, oder?

WALTER Es gibt solche und solche Räusche.

WERNER Hast du auch wieder recht. *Pause.*

WALTER *höhnisch* Der Paul ist fort.

WERNER *ebenso* Der Blutmann.

LINDA Aufm Hasenpfad. Immer in die Runde. Nä, bis er Stimmen hört.

WERNER Und dann heute nacht — lärmt er mir wieder die Ohren voll. Von seinen Tötungsmaschinen...

WALTER Bei der Hunsrück-Wirtin darf er nicht mehr anschreiben lassen.

LINDA Ach!

WALTER Nichts mehr. *Er zeigt einen Vogel.* Fragt mich, ob mein Vater Hitler heißt.

Pause.

OMA *traurig und still* Bleib ja bei der Oma, Paul. Immer bei der Oma bleiben. *Sie kichert.* Mit wem soll ichn nun meine paar Stündchen vertrödeln?

WALTER Pellkartoffeln.

LINDA Träumst du?

WALTER Mit geschmolzener Butter. Dann sterben.

OMA Meine Oma starb 1900. Sie hatte ihren Haushalt versehen, es war Ende Februar. Da sagte sie zur Tante: »Mir ist heute so nicht ganz gut. Mach mir das Mittagessen, ich muß mich hinlegen.« Um elf Uhr ruft sie: »Auguste, hast du noch nicht Mittag fertig?« Die Tante geht zu ihr hin und sagt: »Aber Mutter. Es ist noch nicht Essenszeit. Aber ich setze die Kartoffeln gleich auf, dann bekommt ihr gleich Mittag.« Als gekocht war, trug Tante das Essen rein. Oma steckte zweimal in den Mund, dann schob sie den Teller weg, legte sich zurück, und das Ende war da.

LINDA Ich hab Pickel aufm Rücken. Ich ersticke!

OMA Der Opa hat nur immer geweint, die Hände hat er gerungen und gejammert: »Ach, mein Luischen, mein Luischen.« Und sechs Wochen später ist er auch gestorben.

LINDA *zur Oma* Nä, so alt wie du will ich nicht werden. *Sie schlägt Walter die Faust ins Gesicht.*

WALTER Aua!

OMA Da sagte ich zu meiner Mutter: »Opa hat geweint.« Denn, daß große Menschen auch weinen, wußte ich noch nicht. Das Weinen war doch nur für uns Kinder.

WERNER *zu Walter* Siehst du. Auch ne Schlange macht Fehler.

LINDA Hörst du, wie ich schreie?! *Zu Walter.* Ich schreie! *Linda schreit nicht, Stille.*

OMA *als glaubte sie selbst nicht, was sie sagt* Bereisen wir ganz Deutschland und bestehlen alle Warenhäuser. Karstadt! Horten! Neckermann! Pelze, Perücken, Kaviar.

WALTER Die hat Ideen.

WERNER Die wird auf den Bauch fallen.

OMA Die Perücken von Horten verkaufen wir dem Neckermann, Neckermanns Pelze Horten, Karstadts Kaviar dem Neckermann.

WALTER Ein rühriges Persönchen.

WERNER Die ist nicht leichtlebig.

WALTER Ein bißchen.

WERNER Ein kleines bißchen.

WALTER Quirlig wie ein Wasserfall.

WERNER Und gar nicht arbeitsscheu.

OMA Worauf wartet ihr?

WALTER Ich warte auf gar nichts.

LINDA Gehen wir nach Amsterdam. Leben!

WALTER Die Tulpe und die Rippe.

OMA Paul.

WERNER *höhnisch zu Linda* Oder nach Saarbrücken?... und eröffnen eine Sperrmüllbar.

OMA *schreit* Weg! nur weg von hier!

WALTER Ich breche in keine Träume ein. Ich sammel lieber Comics.

WERNER Alles in Ordnung, Werner. Saarbrücken... das war nicht so gemeint.

WALTER Das beruht auf Gegenseitigkeit.

WERNER Das weiß ich.

WALTER Alles klar.

WERNER Ich bin fürs Bleiben.

WALTER Ich auch.

WERNER Einmal im Lotto gewonnen! Zehn Schwänze ins Maul und aus dem Fenster gesprungen. Aber mein Mund ist nicht so groß. Also lebe ich noch etwas.

III/7

Auftritt der siebenjährige Hans. Unter den rechten Arm hat er das Bündel geklemmt, mit welchem Paul fort ging. Er bemerkt die vier, kümmert sich aber nicht weiter um sie und läuft ruhig über die Szene. Dabei findet er den zerpflückten Federball, hebt ihn auf und geht dann zu den vieren hinüber. Während der nun folgenden Szene steht er hinter ihnen und wird weder von Werner, Walter, Linda noch der Oma bemerkt.

III/8

WALTER Und unsere Freundin Linda? Unsere Frisöse, — was mit der?

WERNER Bist du wieder gut mit ihr?

WALTER *zu Werner* Und du?

WERNER Was?

LINDA Im Kino gäbs einen Motorradfilm. Mit Musik.

WALTER *zu Werner* Bist du wieder gut mit mir?
WERNER Als trüg ich etwas Schweres auf etwas Leerem. Davon hab ich den Buckel.
WALTER Ich. Ja.
WERNER Wenn du bloß nicht so stinken würdest.
WALTER Du stinkst.
LINDA *zu Werner* Guck mich nicht so tief von unten herauf an.
WERNER *zu Linda* Gefalle ich dir?
WALTER *der sich angesprochen fühlt* Wien altes Pferd.
LINDA *zu Walter* Hast du Angst?
WERNER *zu Linda* Geschwollene Finger.
WALTER *zu Werner* Anfassen ist nicht verboten.
LINDA *schreit Walter an* Grins nicht!
WERNER *zu Linda* Ich grins nicht!
WALTER *zu Werner* Ja, ja. Auch ne Schlange macht Fehler.
LINDA *zu Walter* Jasminarsch.
WERNER *zu Linda* Jasmin im Arsch!
WALTER *zu Werner* Das würde dir so passen.
LINDA *zu Werner* Du hast was von ner kranken Taube.
WALTER *zu Linda* Hast du was gesagt?
WERNER *zu Walter* Ich bin nicht die Frau, die den Bräutigam gleich aus dem Hochzeitsbette stößt.
LINDA *zu Walter* Boxt.
WALTER *zu Linda* Du schlägst mich nicht.
WERNER *zu Linda* Sei artig.
WALTER *zu Werner* Linda gehört dir nicht!
LINDA Amsterdam ist weit.
WERNER *auf Linda zeigend, zu Walter* Silber im Haar.
WALTER Ich weiß!
WERNER Und unberührt.
WALTER Wie ne Knospe.
WERNER Ich meine, in Nöthen.

WALTER *gereizt* Seinerzeit. Ich weiß! *Er spielt obszön mit der Zunge, zu Linda.* Wie reifes Obst.

LINDA Dem Weinen fehlen die Tränen.

OMA Rotwein fehlt.

LINDA *plötzlich hart* Nä, dann trag mal dein Fett in die Hunsrück-Stuben.

OMA In die Eifel-Stuben!

LINDA Wohin?

OMA Und?

WALTER *brutal* Nichts und!

OMA Bei Karstadt hängen Pelze. 15 000 Mark das Stück. *Sie kichert.* Kann man nicht vergessen.

WALTER Dann geh! *Pause.*

LINDA Mir ist übel!

OMA Kotz.

WERNER Oma, paß ja auf.

OMA Besser, ihr gingt. *Sie kichert.* Besser, ihr gingt! Ihr werdet wahrhaftig noch den Verstand verlieren. *Werner spuckt nach der Oma aus.*

III/9

OMA *schlurft zurück zu dem Stein, hinter welchem der Sack liegt, und brummelt vor sich hin* Man füttert euch. Man hütet euch groß. Der Aufschwung pflügt die Bombentrichter um, und bis in die Wolken spießen Glas und Beton. Wohlleben wird zur Pflicht. Ihr aber hockt da wie böse Greise und knirscht mit den Zähnen. *Sie kichert.* Der Wagen läuft ohne Pferde. *Sie kommt zu der Stelle, wo die Rosenköpfe liegen, und hebt eine Dolde auf.* Und Erdbeeren zu Weihnachten... *Sie kichert.* Und Fahnen aufm Mond... *Sie setzt sich wie ein großer, müder Vogel auf den Stein. Eine lange Stille.*

HANS *ohne sich von der Stelle zu rühren* Hans. *Stille.*

WERNER *scheint zu zittern vor Schrecken, will schreien, doch bleibt ihm der Schrei im Hals stecken* Melle!

WALTER *wütend vor Schrecken schreit er das Kind an* Was?! *Stille.*

HANS Ich heiße Hans. *Stille. Werner und Walter stieren das Kind an.* Was machtn ihr hier? Zankt ihr euch?

LINDA Verschwinde!

HANS *hält Werner und Walter den zerpflückten Federball hin* Das ist mein Federball. *Pause.* Macht ihr alles kaputt? *Schweigen. Walter und Werner stieren unverwandt das Kind an.*

HANS *lacht hell und läuft hinter einen Stein; während er das Bündel öffnet, ruft er zu Walter und Werner und Linda hinüber* Meine Mama hat zwei Männer... meinen Vater... also, meinen richtigen Vater... und noch einen Mann. Mathias. Die zanken sich nie... eine ewige Freude ist bei uns zu Hause... *Er hat das blau-rote Tuch von dem Bündel gezogen, nun sieht man ein sorgsam gefaltetes, schneeweißes Bettlaken. Er faltet es auf. Ein schweres Beil liegt da, ein schwarzer, großer Bart mit einem Gummizug und drei gerußte Korken. Er zögert nicht lange, hängt sich den Bart um das Gesicht und stürmt mit Geheul zu Walter, Werner und Linda.* Habt ihr Angst? *Er lacht.* Ich habs im Graben gefunden. Unter dem nassen Laub. Ist mein Schatz... *Stille. Walter stiert Hans an.*

WERNER *rutscht von dem Stein, tritt vor Hans hin und streckt die Hand nach dem Bart aus* Gib.

HANS Nee. *Pause.*

WERNER Gib mir den Bart.

HANS Ich sags meinem Vater.

WERNER *drohend* Gib ihn mir. *Pause.*

HANS *sieht Werner lange an und rührt sich nicht, doch plötzlich packt ihn eine fürchterliche Angst, er reißt sich den Bart herunter und wirft ihn Werner vor die Füße* Ach! behalt ihn nur... *Er will fort.* Behalt ihn du nur...

WERNER *hält Hans mit einer Hand fest, bückt sich dann, faßt mit der freien Hand nach dem Bart und streift ihn sich über den Kopf* Was hilfts, wenn ich dich laufen lasse... Komm!

HANS Wohin?

WERNER *zerrt Hans zu dem Bettlaken* Mein Gesicht ist noch so weiß. *Walter folgt Werner und Hans. Werner drückt Hans einen gerußten Korken in die Hand.* Mein Gesicht ist noch so weiß...

HANS *schreit* Hilfe!

WALTER *tritt hinter Hans und hält ihm den Mund zu* Still!

LINDA *wie gelähmt, mit krächziger Stimme* Oma.

WERNER *zu Hans* Schmier mich voll! Ich bin Säms Sohn.

WALTER *nimmt das Beil hoch* Ein Bussard kreist im weißen Abend.

WERNER *zu Hans* Wenn sich die Nacht schwer gegen einen Menschen lehnt... *Hart.* Du kennsts! *Hans schwärzt mit zittriger Hand Werners Gesicht. Werner zu Hans.* Sprich schon! *Pause.* Wenn sich die Nacht schwer gegen einen Menschen lehnt...

WALTER *gibt Hans' Mund frei* Sprich!

HANS Dann fallen seine Augen zu, und wenn er sie öffnen will, dann... dann...

WERNER *süßlich und grob* Dann gehen sie nicht mehr auf, und dann ist der Mensch — tot! *Ungeduldig.* Erzähl weiter!

HANS Aber er ist nicht tot, er ist nur verzaubert und dann...

WERNER Kommt er unter die Erde, wolltest du sagen.

HANS Ach ja, ach ja. *Er weint und scheint sich innerlich gegen die Angst aufzubäumen.* Wo die Teufels sind, aber über den Teufeln.

WERNER *schreit* Hör auf!

HANS Und dann wirst du entzaubert und dann holt dich ein trauriger Mann und trägt dich in den Bauch einer Frau und dann...

WERNER Schweig!

HANS *in verzweifeltem Trotz* Und dann kommst du wieder auf die Welt... *Er schweigt erschöpft und fährt mit dem Korken über Werners Gesicht, als seis Papier. Pause.*

WERNER *stur* Noch der kleinste weiße Fleck muß verschwinden im Gesicht. *Hans malt das Gesicht Werners jetzt völlig schwarz.*

WALTER Pssst!

WERNER Pssst!

WALTER *schwingt das Beil über Hans' Kopf* Komm spielen!

WERNER Die Sonne! Das Feuer! Der Mond! *Unter wildem Geheul jagen Werner und Walter Hans über die Szene.*

LINDA Oma!

OMA *starr wie der Stein, auf dem sie sitzt* So stand es geschrieben... in der Zeitung. *Sie kichert.* Alte Zettel.

HANS *der mehr stolpert denn rennt* Ich hab neue Schuhe... Meine Schuhe drücken mich... Hilfe! *Ohne Unterlaß treiben Walter und Werner Hans unter wildem Geschrei und Gezische über die Szene.*

III/11

Auftreten Mutter, Vater und der Freund.

MATHIAS Schaurig ist die Ungunst der Witterung. Trübes Wetter drückt sie, sie stapfen über gefrorene Tümpel...

GERTRUD *die das Treiben auf der Szene vollkommen mißversteht* Hans! Jagst du Bären?

MANFRED *ruft und winkt* Hansemann!

MATHIAS Auf Kriegszügen stellen sie schwarzbemalte Geisterheere auf. Schreibt er.

GERTRUD Wer?

MANFRED Na, Tacitus. Über Germanien.

MATHIAS Nein, Seneca.

GERTRUD *zu Mathias* Du bist wie Manfred.

MANFRED Und wie bin ich?

GERTRUD Du willst auch immer recht haben.

MATHIAS *ruft* Hans! Schieß ihn tot, den bösen Petz. *Sie lachen und sehen der wilden Hatz fröhlich zu.*

MANFRED Tamm, tamm, tamm. *Er trottet auf die Szene.* Hansemann! Da kommt der Bär! *Er rennt vor Hans her.*

HANS Papa! *Mit Tränen in der Stimme.* Papa!

MANFRED *unter frohem Lachen* Du mußt keine Angst haben, Hans. Ist doch nur ein Spiel. Tamm, tamm. Ich bin der Bär.

MATHIAS Ach, Gertrud. Was freu ich mich auf die freien Tage.

GERTRUD Ich auch.

MATHIAS Und Manfred?

GERTRUD Als du in Wien warst, fragte er jeden Abend nach dir. *Sie küßt ihn leicht.* Wenn du nur länger bliebest...

MATHIAS *den etwas zu beunruhigen scheint* Kennst du die Leute?

GERTRUD Nein. Sie sind bestimmt hier aus der Gegend. Bauern...

WALTER *fuchtelt immer wilder mit dem Beil herum, schreit* Ein Bussard kreist. Jetzt hackt sein Schnabel in die Köpfe.

WERNER In den Sack! *Schreit.* Vorwärts! und keine Zicken.

HANS Papa!

MANFRED *wütend* Was solln das? *Werner und Walter treiben Hans und dessen Vater in den Sack, der so groß ist, daß mehrere Personen leicht darin stehen können.*

MATHIAS Gertrud!

GERTRUD O mein Gott! *Ruft.* Hans! Manfred! *Gertrud und Mathias eilen zu dem Sack, wursteln sich in ihn hinein. Ein vollkommen stummer Tanz von irren Bewegungen ist unter dem großen Sack zu erkennen.*

WERNER *schreit* Nichts!

WALTER *schreit* Nichts!

Man hört zwei, drei Schläge, als splittere Holz, dann einen einzelnen, entsetzlich langen Wehschrei.

III/12

OMA *leise, wie von Sinnen* Ihr Hunde. Ihr Mörder. Mordet euch selbst. Ich lauf in die Stadt und rede.

LINDA *starr vor Schrecken* Lauf, Oma, laufe! Eh noch das letzte Paar Lippen kalt ist.

Totenstille. Ein regungsloser, stummer Haufen füllt den Sack.

III/13

Lange Pause. Linda rutscht wie tot von dem Stein, kriecht auf allen Vieren zu dem Sack, nach langer Überwindung hebt sie ein Ende auf und sieht hinein. Pause. Sie läßt das Sackende fallen und kommt nach vorne gekrochen. Pause.

LINDA Puh. Sie haben sie alle geschlachtet und sitzen über den Leichen wie Wichte und nicken sich zu. *Pause.*

III/14

OMA *zu sich* Gott. Aber mein Paulchen... *Sie kichert blödsinnig.* Und wollt mich schon bücken unter sein Unglück... das ich immer von Weitem kommen sah...

LINDA *mit heiserer Stimme* Erbarmen. *Schreit.* Erbarmen! *Lange Pause.*

III/15

OMA Die Schuld ist schuld. Heul du die Schuld an. *Sie kichert.* Die sind nur ihre blinden Hunde.

LINDA *stürzt auf die Oma los* Du verfluchter Dreck! *Schreit.* Du elender! du verfluchter Dreck!

OMA Kscht! Willst du den Schäfer anlocken?

LINDA Das Bündel, nä, Oma. Ich weiß es!

OMA Nischt!

LINDA Dein schlimmes Bündel... das Beil! den Bart! — Du hast es geschnürt. Du!

OMA Gott bewahre. Nischt hab ich geschnürt! *Kreischt.* Das Jungchen hats gefunden.

LINDA Darum wolltest du es Paul nicht lassen. Der Blutmann, nä, sollt sich nicht blutig machen.

OMA *kichert* Paul ist über alle Berge.

LINDA Nä, freilich. Du verfluchter Dreck!

OMA Krimskrams, alter. Ausm Asyl. *Kichert.* Mußt das Jungchen den mitschleppen?

LINDA Lauf in die Stadt, Oma. Laufe! Und stell dich hin, nä, wenn man wo nach vier Menschen fragt, und sage: Das habe ich getan! Ich alleine!

OMA Ich sag nichts. *Kichert.* Man weiß es ja nicht.

LINDA *zerknirscht* Du hast Wind gesät und willst den Sturm nicht ernten...

OMA Wie schnell dir die Wörter von der Zunge hüpfen. *Kichert.* Zwickt dich das Mitleid? Um die? *Mit Geste gegen den Sack.* Um die? *Schweigen.*

LINDA Warum haben die das getan? Oma! Warum haben die das getan? He! du blinde Gans. Ich frag dich was!

OMA Was?

LINDA Warum haben die das getan?

OMA Wenn man es wüßte... – *sie kichert* –was wüßte man dann.

LINDA *mit Tränen, naiv* Vielleicht, nä... daß die Trauer zu ihnen kommt... vielleicht. Paul hats gesagt... *Pause.* Hats manchmal gesagt... nä, wenn die Stimmen über ihn fielen, hat er gesagt: Schau ins Blut... bis die Trauer kommt... zu dir.

OMA Dummes Zeug.

LINDA Aber welche Trauer?

OMA Der wollt sich nur wichtig machen.

LINDA *sieht lange zu dem Sack hinüber; nichts rührt sich* Wie Mäntel, nä, wie nasse Mäntel. Die von Türmen fallen.

OMA Ich werd man immer nicken. *Sie kichert.*

LINDA Nä. Um elfe geht der letzte Bus in die Stadt?

OMA *höhnisch* Willst du petzen?
LINDA Ins Kino. Leben, Oma. Pelze stehlen. Nicht sitzen und sitzen und sitzen...
OMA Bleib sitzen. *Sie kichert.*
LINDA Nä, Oma. Ja. Sitzen. *Lange Pause.* Ein süßes Kind sitzt tot auf einer... – *sie weint still vor sich hin* –Bank.

III/16

Lange Pause.

III/17

Nach langer Pause hört man – als setzten sie Schritte über dünnes Eis – Werner und Walters Stimmen.

WERNER Du.
WALTER Ja. *Pause.*
WERNER Du.
WALTER Du.
WERNER Ich.
WALTER Gleich.
WERNER Ja. *Pause.*
WALTER Ich bin durstig.
WERNER Ich seh ein Gesicht.
WALTER Ich fürcht mich vor der Sonne.
WERNER Die Augen... tropfen wie grüner Schleim aus den Höhlen.
WALTER Psst.
WERNER Wir sprechen nicht mehr. *Pause.*
WALTER Ich bin durstig.
WERNER Es ist ein schönes Gesicht.

WALTER Wenn keine Wolken mehr vor die Sonne ziehn... und nie mehr Nacht wird...
WERNER Ein freches Gesicht... voll schadenfrohem Lächeln...
WALTER Immer in der Sonne stehn... ewiglich. *Pause.*
WERNER Wir sprechen nicht mehr.
WALTER Ich bin durstig.
WERNER Wir sprechen nicht mehr.
WALTER Ich fürcht mich vor der Sonne. *Pause.*
WERNER Bist du noch da?
WALTER Ich kann es nicht tragen.
WERNER Du.
WALTER Mein Mund ist so trocken.
WERNER Das Tuch ist zerrissen.
WALTER Brennt.
WERNER Ein Sturm hats zerissen.
WALTER Wir fliegen.
WERNER Dahinter hielt das Gesicht.
WALTER Nie Nacht. Keine Wolken. Siebzig Jahre. *Pause.*
WERNER Das ist die Mühle.
WALTER Immer in der Sonne stehn. Ewiglich. *Pause.*
WERNER Wir sind Mörder.
WALTER Wir sind Zuschauer.
WERNER Wir sind Mörder.
WALTER Wir sind Zuschauer. *Pause.*
WERNER Du.
WALTER Ja. *Pause.*
WERNER Das ist die Mühle.
WALTER Die Augen...
WERNER Ich bin durstig.
WALTER I c h bin durstig.
WERNER Wer bin ich.
WALTER Ich bin durstig.
WERNER Die Augen...

WALTER Psst.
WERNER Wir sprechen nicht mehr. *Pause.*
WALTER Psst.
WERNER Psst. *Pause.*
WALTER Psst.
WERNER Wir sind Mörder.
WALTER Wir sind Zuschauer.
WERNER Wir sind Mörder.
WALTER Wir sind Zuschauer.
WERNER Wir sind Mörder.
WALTER Schweig endlich.
WERNER Wir sind Mörder.
WALTER Das habe ich geahnt.
WERNER Wer bin ich.
WALTER Daß du nicht schweigen kannst. *Pause.*
WERNER Uns fehlt die Bildung.
WALTER Uns fehlt die Welt.
WERNER Uns fehlt alles.
WALTER Ich fehle mir.
WERNER Wir fehlen uns. *Pause.*
WALTER Lassen wir es dem lieben Gott. Gott schone uns.
WERNER Ich seh ein Gesicht. Das Tuch ist zerrissen.
WALTER Ich bin so schrecklich durstig. *Pause.*

III/18

LINDA *verweint und totmüde* Wo isn mein Kamm? Ich will mich kämmen. Um elfe geht der letzte Bus in die Stadt. *Pause.* Nä, was die Vögel zetern... *Sie scheint einzuschlafen. Pause.*
OMA Wartet nur, bis das Blaulicht kommt... *Sie kichert.*

III/19

WERNER Leiern. Leiern. Leiern.
WALTER Psst.
WERNER Die Zähne ausgebrochen... und die Augen. Tropfen wie Schleim aus den Höhlen... das ist die Mühle.
WALTER Du. *Stille.* Wir fliegen.
WERNER Ja.
WALTER Nein. *Stille.* Wir fliegen nicht. *Pause.*

III/20

Walter und Werners Körper zeichnen sich nun scharf gegen den Sack ab. Langsam kommen sie aus dem Sack herausgekrochen. Walter hat das Beil im Sack zurückgelassen, während Werner noch immer sein Gesicht schwarz hat und den Bart trägt. Blutbesudelt knien sie in der Sacköffnung und halten, wie vor zu viel Licht, die Augen geschlossen. Stille.

WERNER *öffnet zögerlich die Augen, rollt mit den Augen und wagt nicht, den Kopf zu bewegen* Da ist was.
WALTER *tut ebenfalls die Augen auf, stiert geradeaus* Was ist das? *Pause.*
WERNER *leise* Melle?
WALTER *leise* Bünde? *Pause.*
WERNER Du lebst noch... wie ich? *Stille.* Leben wir noch?
WALTER Ja. *Pause.*
WERNER Fühlst du was?
WALTER Und du? *Pause.*
WERNER Wir sind vielleicht... tot.
WALTER Die Uhr tickt... *Pause.*

WERNER Brüllen! *Er öffnet den Mund weit, aber kein Ton kommt heraus.*

WALTER Die Uhr tickt so laut.

WERNER Brüll doch. *Stille.*

WALTER *wendet sich auf allen Vieren Werner zu; so knien sie voreinander und stieren sich an* Tu den Bart weg! *Schreit.* Tu den Bart weg!

WERNER *idiotisch* Ich habe keinen Bart. *Pause.*

WALTER Ich hau sie kaputt.

WERNER Wumm. Wumm. Fremde. *Walter kriecht in den Sack zurück. Werner löst sich aus der knieenden Haltung und sitzt nun mit lang ausgestreckten Beinen vor dem Sack.* Die wollen was tauschen.

WALTER *aus dem Sack* Die hat ne goldne Uhr, die Frau.

WERNER *apathisch* Die Oma wird sie ins Pfandhaus tragen. *Walter kommt in einer Hand mit einer goldenen Uhr und in der anderen mit der Axt zurück.* Wer sitzt mit uns am Tisch.

III/21

WALTER *tritt mit der Uhr und dem Beil zu einem Stein, hält die Uhr darauf und zerschlägt mit dem Beil die Uhr, dann läßt er das Beil zu Boden fallen und setzt sich zu Werner* Jawohl. *Pause.*

WERNER Du.

WALTER Wasser. Und wenn es faulig ist... *Er rührt sich nicht.*

WERNER Schläfst du?

WALTER Ich bin durstig.

WERNER Ich seh ein Gesicht...

WALTER Soll ich pfeifen?

WERNER Kriegt dich die Angst?

WALTER Immer Sonne. Ewiglich...

WERNER *von Panik geschüttelt steht er auf, faßt ein Sackende* Man muß sie verbrennen. Sonst kommen sie zurück und spielen... Meer, Mauer, Mond und Geburt.

WALTER Die Pendelmühle.

WERNER Das ist die Mühle.

WALTER *erhebt sich, faßt ebenfalls ein Sackende* Ich bin dein Hund.

WERNER Du bist Dschingis-Khan.

WALTER Ein Strumpf im Wind.

WERNER Pfeif was.

Walter und Werner schleppen den Sack mit den Leichen von der Szene. Stille.

III/22

OMA *angewidert, knurrig* Wunderbar, wunderbar, diese Tiere, abscheulich! Diese Wesen verdienen weder Achtung noch Liebe. Die Menschen werden sagen: Abscheulich. Abscheuliche Wesen! *Kichert.* Schattenmänner! Schattenvolk! *Lakonisch.* Dresden war schlimmer.

III/23

Walter und Werner kommen zurück auf die Szene gekrochen. Irgendwo bleiben sie liegen, als wollten sie schlafen.

WERNER Wenn morgen die Sonne hochkommt... dann verbrenne ich sie alle.

WALTER *blöd, mit schwerer Zunge* Der Leichenrauch wird den Schäfer anlocken...

WERNER Dann läuft er in die Stadt.
WALTER Dann wird sich seine Herde verlaufen...
WERNER Dann kommen sie.
WALTER Jawohl.
WERNER Die Schafe und das ganze Gewimmel. *Pause.*
WALTER *fast schlafend* Die Sonne... mußt du auch verbrennen.
WERNER Schläfst du?
WALTER Töte mich.
WERNER Wir sind Mörder.
WALTER Wir sind Zuschauer... *Er schläft. Pause.*
WERNER *brummt in merkwürdigem Singsang vor sich hin*

A, a, a.
Tu fu tulu
Kut. Hut. Nut.
Pa, Sa, Ga.
U, u, u.

Er sieht lange zur Oma hinüber, der der Kopf tief auf die Brust gesunken ist.

III/24

Oma, als spürte sie Werners Blick, hebt träge den Kopf und sieht Werner lange an. Pause.

WERNER U, u, u.
OMA Was guckste?
WERNER U, u, u. Der Ring des Jupiter ist weg. Oma. Schwarze Stifte...
OMA Ich hör schlecht. *Sie senkt wieder den Kopf auf die Brust, verschränkt die Arme darunter und stellt sich schlafend.*
WERNER U, u, u.

III/25

Eine lange Pause. Linda ist ein bißchen wach geworden und sieht aus trüben Augen zu Werner hinüber.

LINDA *mit schlafschwerer Zunge* Ich will aber was anderes... *Pause.*
WERNER Meinst du den Bart? *Pause.*
LINDA Warum habt ihr das getan?

Werner zieht die Schultern hoch bis an die Ohren, hält sie da lange und läßt sie dann fallen. Pause. Zieht noch einmal die Schultern hoch und läßt sie wieder fallen. Pause.

WERNER Frag die Oma.
LINDA Morgen betrinken wir uns.
WERNER Gehst du dann? *Pause.*
LINDA Jemand hat mir meinen Kamm gestohlen.
WERNER Ich bin noch so wach.
LINDA *beinahe schläft sie schon wieder* Zieh die Knie an die Stirn.
WERNER Wohin?
LINDA Psst. An die Stirn.
WERNER Hilft das?

Stille. Linda schläft.

WERNER *zieht die Knie an die Stirn und liegt nun zusammengerollt auf der Erde* U, u, u.

Stille. Für den Bruchteil eines Augenblickes hört man von hinter der Szene ein ganz schwaches Kinderwimmern. Stille.

Auftritt Paul. Er schiebt ein schwarzes Damenfahrrad neben sich her. In der anderen Hand hält er eine große, fast leere Rotweinflasche. Er ist betrunken, und seine Kleider sind mit lehmiger Erde bespritzt. Er stellt sich vor die schlafende Oma und klingelt sie mit der Fahrradglocke an.

OMA *aus dem Dämmer heraus* Wartet nur... der Zeppelin...

PAUL *spricht ein fürchterliches Gemisch aus Amerikanisch und Deutsch* Not slieping, Oma. Now dount slieping. I...

OMA Paul.

PAUL Wots the mätter?

OMA Schrei nicht so. Sie schlafen!

PAUL Hör mal, Oma. Jetzt wird nicht geschlafen.

OMA Was suchst du hier... Paulchen... *Sie sieht nach den Schlafenden.*

PAUL Okey Oma. Ei äm Gott! Oll thie ather piepels sind Frisöre.

OMA Weck sie nicht!

PAUL Ich bin Gott. This is Wein. Rettwein. The Gasthaus is closed.

OMA Paul...

PAUL *trinkt aus der Flasche* Nothing... ei äm... kenn ich nicht. this... *Er hält der Oma seine Hände vors Gesicht.* ...mei händs... not mei händs... sind nicht meine Hände... this händs the Hände von einem Schmied... kenn not wörking... der Schmied hat seine Arbeit... wots the name... verloren... ei have the Vögels with this händs... gedroht... änd the flauers... *Er streckt die Zunge heraus.* Bläh... auf der Anhöhe, wo die Pfosten sind und die vielen Drähte... okey, Oma. Ei äm dranking... ich schäme mich... this... *Er macht Bewegungen wie mit einer Axt.* ...yur präsent Oma... weg... ouwerdäre im Graben... mich will die Erde nicht... this is mei beisickel... Sarchent!... ei äm von the bläck SS! Hast du die Sprache verloren, Oma? *Er trinkt.*

OMA *zischt* Glucker nicht so hetzig. Bist genug betrunken.

PAUL Du hast mir in Berlin die Milch verdient...

OMA Paul! Du mußt von hier verschwinden. *Sie versucht Paul wegzuzerren.*

PAUL Die Hunsrück-Stuben, Oma, sind dicht.

OMA *in großer Angst, nah vor Pauls Gesicht* Sie suchen nochn Mordbuben...

PAUL Ich kann es nicht, Oma. Ich kann es nicht. Ich bin so traurig. Okey. Oma. Schlafen. Slieping. This not mei händs... sind nicht meine Hände... den Vögeln hab ich gedroht... den Krähen... und den Blumen die Zunge rausgestreckt... Bläh!

OMA *hält Paul den Mund zu* Leise sollst du sein. *Sie kichert* Ich will dir schon zeigen, was dir Beine macht. *Sie versucht, Paul hinter die Szene zu zerren.*

PAUL *steht da und glotzt die Rotweinflasche an* Da ist Blut drin...

OMA Ja, Dummchen. Vogelblut.

PAUL *zornig* Ich bin Gott! Merk dir das. Alle anderen sind Frisöre...

OMA Da! siehst du den Sack? *Sie kichert.* Sie haben geschlachtet. *Oma mit Paul ab zu den Leichen hinter der Szene.*

III/27

LINDA *ist längst wach und huscht zu Walter* Paul!
WALTER Mach mich nicht wach...
LINDA Paul ist zurück.
WALTER *rührt sich nicht* Der soll Wolken schieben.
LINDA Ich schlafe. *Sie huscht an ihren Platz zurück, schläft.*

III/28

Oma und Paul kommen zurück. Paul, kalkweiß im Gesicht, nimmt das Fahrrad hoch und steht dann mit laut klappernden Zähnen da.

OMA Die Schuld ist schuld. Laß das Rad. Wir nehmen den Bus.
PAUL *mit Blick auf Walter und Werner* Sie schlafen...
OMA *drängend* Besser, man trifft dich hier nicht.
PAUL Ich... wollt es tun... Ich. *Er zittert wie vor Kälte*
OMA Nischt! Saufkopp. Fort!
PAUL Bloß... bloß. *Er will gehen.*

III/29

WERNER U, u, u.
WALTER Paul, willst du uns allein lassen?
WERNER U, u, u.
WALTER Immer Sonne, — ist schlimm, Paul. Du mußt Wolken schieben.
OMA Laß die, Paul. Komm!
PAUL *steht wie versteinert, mit einer Geste gegen die Leichen hinter der Szene, blöd* Wart ihr das?

WALTER Möglich wärs. *Pause.*

PAUL *klingelt idiotisch mit der Fahrradglocke* Sind alle tot?

WERNER Klingel nicht!

PAUL *niederträchtig* Wär ich bloß bei euch geblieben...

WALTER Warst du fort?

WERNER Das Haus mit dem Schieferdach, Paul... und das nackte Kind.

PAUL Auf der Terrasse spielten die Katzen... *Er lacht idiotisch.* Hab ich im Schuppen ein Fahrrad gemopst.

WALTER Das würde dir so passen.

OMA *kreischt* Stimmts etwa nicht?

WERNER U, u, u.

WALTER Wir haben Blut gesammelt, Paul.

WERNER Aus dem Bauch eines Kindes, Paul.

III/30

WERNER *tritt zu Paul, stößt ihm das Fahrrad aus der Hand und zieht ihm dann in aller Ruhe das Hemd aus* A, a, a. U, u, u.

Walter rennt hinter die Szene, kommt mit dem blutbesudelten Kind zurück und drückt es Paul an die bloße Brust. Paul schließt mechanisch die Arme um das Kind.

OMA *schreit* Paul! Was tust du!

WALTER *besteigt das Fahrrad und kreist um Paul* Wolken schieben, Paul.

OMA *schreit* Nein, Paul. Du hast nischt getan! Ihr Hunde!

LINDA *höhnisch* He! du blinde Gans. Nä, gar nichts!

WERNER U, u, u.

WALTER So soll man uns finden.

III/31

HANS *beginnt plötzlich, sich in Pauls Armen zu regen; hebt den Kopf, schreit* Hilfe! *Pause.*

PAUL Das Kind — *Pause, dann geschrien* — lebt!

HANS *schreit* Hilfe! *Walter kreist noch immer um Paul, als verstünde er nichts. Pause.*

OMA *ruft* Vorhang!

Stille. Dann fällt der Vorhang.

Klaus Pohl, 1952 in Rothenburg ob der Tauber geboren, besuchte das Max-Reinhardt-Seminar in Berlin. 1980 erhielt er den Förderpreis der Autorenstiftung Frankfurt, 1983 den Förderpreis des Schiller-Gedächtnispreises des Landes Baden-Württemberg und 1985 den Mülheimer Dramatikerpreis für sein Stück *Das Alte Land.* Klaus Pohl lebt in Hamburg.

Theaterstücke: *Da nahm der Himmel auch die Frau* (erschienen in Spectaculm 32, Frankfurt am Main 1980) U: Münchner Kammerspiele 1979; *Hunsrück* Erste Fassung 1979; *Mainufer* Libretto; *Das Alte Land* U: Burgtheater Wien 1984; *Der Spiegel* nach Gogol, U: Städtische Bühnen Münster 1986; *La Balkona Bar* U: Schauspiel Köln 1985; *Hunsrück* Zweite Fassung 1985.

Hörspiel: *Romeos Schwalbe* 1982